딴,짓

딴, 짓: 일상 여행자의 소심한 반란

펴 낸 날 | 2015년 3월 2일 초판 1쇄

지 은 이 | 앙덕리 강 작가
펴 낸 이 | 이태권
책임편집 | 김은경
책임미술 | 장상호
펴 낸 곳 | (주)태일소담
서울특별시 성북구 성북로8길 29 (우)136-825
전화 | 745-8566~7 팩스 | 747-3238
e-mail | sodam@dreamsodam.co.kr
등록번호 | 제2-42호(1979년 11월 14일)
홈페이지 | www.dreamsodam.co.kr

ISBN 978-89-7381-223-3 03810

이 도서의 국립중앙도서관 출판시도서목록(CIP)은 서지정보유통지원시스템 홈페이지(http://seoji.nl.go.kr)와 국가자료공동목록시스템(http://www.nl.go.kr/kolisnet)에서 이용하실 수 있습니다.(CIP제어번호: CIP2015004063)

• 책값은 뒤표지에 있습니다.
• 잘못된 책은 구입하신 곳에서 교환해드립니다.

일상 여행자의 소심한 반란

딴, 짓

앙덕리 강 작가 지음

소담출판사

프롤로그

한때는 활기찬 출근길에 서 있었다. 한때는 뜨거운 사랑에 빠져 있었다. 한때는 꿈을 품고 희망에 가득 차 있었다. 세상을 다 가진 듯 환희에 찬 순간도 있었다. 생각하는 대로, 계획하는 대로 이루어질 것만 같은 날들의 연속이기도 했다. 그렇게 믿고 다짐하기를 반복하다 서서히 알게 되었다. 희망도, 사랑도, 환희도 더는 내 것이 아님을. 익숙하고 편안하게 느껴졌던 일상이 반복되면서 희망 없이도, 사랑 없이도, 환희 없이도 살아가게 되었다.

불쑥 찾아든 열정의 불씨를 살려보려 애쓰지만 나를 옭아맨 현실은 녹록지 않다. 열정 따위를 찾기엔 너무 늦어버린 나이와, 나이보다 더 빠르게 늘어가는 편견 때문이라 변명하지만 실은 두려움과 게으름이 원인이다. 결국 현실에 안주하고 만다. 출근길에는 몽상에 빠져 있고, 과거의 사랑에 얽매여 있으며, 꿈은 사라지고, 희망은 보이지 않는다. 무기력하게, 그렇게 될 대로 되란 식으로 내팽개치다가도 변화와 탈출에 보란 듯이 성공한 사례들을 접할 때면 잠시 잊힌 열정이 또다시 꿈틀댄다. 그러다 그나마 누리고 있는 평온함, 나름의 안정감마저 잃을까 봐 움츠러든다.

대학 시절, 유럽 여행 경비까지 모아놓고 정작 떠나지 못한 경험이 있다. 경비를 모으는 동안 여행지에서의 낭만을 꿈꾸고 환희에 찬 나를 상상하곤 했다. 경비가 모이자 부모님께 속내를 털어놨다. 하지만 아버지는 강하게 반대했다. 결심은 점점 흐릿해졌다. 나의 주장을 강하게 펼치지 못한 것이 가장 큰 이유이기도 했지만 두려웠다. 부모님의 상상과 발언으로 생겨버린 불안이 감당할 수 없을 만큼 두려움을 극대화시켰다. 그때도 그랬다. 현실에 안주하고 말았다.

경계에 잠시 서는 것조차 자신을 설득해야 하는 것임을 뒤늦게 알았다. 부모님을 설득하지 못한 것이 아니라 나 자신을 설득하지 못한 것이다. 경계에 서지 못하면 경계를 넘어설 수 없다. 고민만 하다 그만 주저앉아버리는 삶의 연속이 되어버렸다. 그러다 후회와 아쉬움만 남았다. 지금도 반복되고 있다.

이런 나를 위해 가장 먼저 해야 할 일은 무엇일까? 그래. 콘셉트를 정해보자. 조금은 빗나가고 삐딱하게 바라보자. 사소한 시도부터 해보자. 그리고 고민을 줄이자. 뜨거워진 심장을 커져버린 머리로 막아내지 않는 것이다. 사랑 앞에, 일 앞에, 꿈 앞에서 오랜 시간 고민하지 말아야 한다. 고민이 깊어지고 길어질수록 행동으로 이어지기 쉽지 않기 때문이다. 고민에 그리 오랜 시간을 들이지 말자는 생각에 중점을 두고 나니 이제야 제대로 보인다. 선입견과 편견, 그 속에서 싹을 틔운 착각, 착시, 착란이 나를 혼란 속에 빠뜨리고 있었다.

경계란 무엇인가. 경계는 한계다. 테두리를 만들어 '나'라 지칭한다. 경계와 딴짓은 상충한다. 경계는 딴짓을 거부한다. 따라서 익숙함을 거부하는 행위로부터 딴짓은 탄생한다. 딴짓은 경계에 서서 경계를 넘나드는 것이다.

딴짓의 기준은 사람마다 다르다. 누군가에겐 쉬운 일상이 누군가에게는 도전이 될 수도 있다. 누군가에게는 습관처럼 달라붙은 것이 누군가에게는 변화일 수도 있다. 내가 정한 딴짓은 즉흥적인 것, 소소하게 저지를 수 있는 것에서 시작한다. 그리고 더 나아가 나를 발견해내는 것이다. 그렇게 시간을 보내고 나니 커다란 변화가 생졌다. 인간과 공간 그리고 시간에 대한 범위가 달라졌다. 그 속에서 정작 내가 무엇을 원하고 어떤 삶을 그리고 있는지 알게 되었다. 그들의 삶 속에 내가 있는 것이 아니라 내 삶 속에 그들이 있다. 그들의 공간에 내가 있는 것이 아니라 나의 공간에 그들이 있다. 그들의 시간 속에 내가 있는 것이 아니라 나의 시간 속에 그들이 존재한다.

그렇다. 나는 어느새 딴짓을 통해 경계를 허물고 내가 중심이 되는 삶을 살게 되었다.

차례

part 1
일상 여행자의 소심한 반란

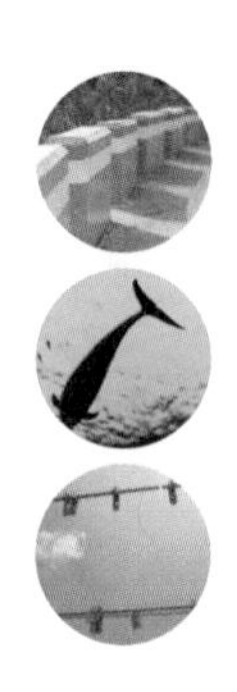

part 2

조금 더 멀리, 천천히

가끔 부지런을 떨다 보면 오픈하지 않은 카페 앞을 서성이게 된다. 바로 옆에 다른 카페가 있는데도 들어가지 않고 그 카페 앞에서 서성인다. 옆 카페가 불친절해서도, 전망이 좋지 않아서도 아니다. 커피 향이 덜한 것도 아니다. 속내를 밝히자면 주인장의 음악 선곡 능력이 나를 이끈 것이다. 내가 듣고 싶은 선율을 그가 선택한다. 내가 빠져들고 싶은 감정으로 그가 이끈다. 커피 향보다 더 진한 선율을 따라 노트북 자판을 두드린다. 이래서 오늘도 오픈 시간보다 늦게 나타난 주인장을 원망하지 않는다. 골목에서 연인을 기다리는 설렘을 떠올리게 한다.

일상 여행자의 소심한 반란

딴, 짓

part 1

딴생각

딴, 짓 #001

익숙한 공간을 벗어나 익숙한 인간관계를 내려놓지 않으면 나를 발견하기 쉽지 않다. 내가 얼마나 소중하고 사랑스러운지 알아채기 쉽지 않다. 나를 알아채지 못했기 때문에 내가 원하는 것을 찾겠다며 남의 영역을 기웃거린 것이다. 그래서 그동안 내가 진정으로 원하는 것을 찾아내지 못했다.

나를 떠나는 것이 아니다. 나를 찾는 것이다.

결국 떠남은 제자리로 되돌아오기 위한 마지막 몸부림일지도 모른다. '마지막'이 되지 않기 위해서 언제나 떠나야 하고 '몸부림'이

되지 않기 위해서 낯선 환경에 익숙해져야 한다. 역설적이게도 낯설과 낯익음이 늘 충돌해야 한다. 나의 언어와 나의 몸짓에서.

낯섦과 낯익음 속에서 나의 삶이 영원하지 않다는 것을, 그래서 그것이 얼마나 소중한지 불쑥 느낀다.

안식처

딴, 짓 #002

나는 고향이 없다. 공간과 시간은 있되 마음이 없다. 고향은 목가적 풍경과 은은한 안개로 채색된다. 할머니가 엄마의 다리 사이로 몇 번이고 씻은 손을 들이밀어 자신을 받아냈다는 지인의 탄생 비화 속에는 공간과 시간, 간절한 마음이 있다. 내가 태어난 대학 병원은 내 고향은 아니다. 안전하고 청결한 의료 혜택을 받았으나 고향은 아니다.

내 고향은 여기저기 흩어져 있다. 고향을 떠올리면 빈틈없이 가득 채워진 사각의 높다란 빌딩이 보인다. 특별할 것도 없는 사각의 빌딩이 전부다. 엄마의 고향을 떠올린다. 방학이면 머물던 외가, 그곳이 내 고향이었으면 싶다. 더는 찾아가지 않는 엄마의 고향은 공장이 되고 길이 되었다. 고향을 만들어야겠다. 마음을 줄 수 있는 곳, 가고 싶은 곳, 생각만으로도 미소를 짓게 하는 곳을 만들어야겠다.

영혼을 쉬게 할 수 있는 곳을 만들어야겠다.

갑자기 비가 내린다. 우산은 없다. 무작정 뛰다가 건물 앞에 선다. 백반집 앞이다. 식당 처마 밑에 선다. 구수한 콩나물국 냄새가 코끝을 자극한다. 누군가는 고향을 향기로 만난다. 밥 짓는 향기가 고향을 휘감는다. 처마 밑에서 두 손을 내밀어 허공을 가로지른다. 얌전히 두 손을 모아 향기를 맡는다. 구수한 향기가 입안으로 스며든다. 어느새 빗줄기가 굵어진다. 빗줄기에 콩나물국 향기가 머문다. 얼마나 서 있었을까? 식당 문이 열리고 인기척이 들린다. 고개를 돌려 눈을 마주한다. 빗줄기가 가늘어지면 떠날 거라는 무언의 미소를 건넨다. 나와 눈을 마주친 그녀는 하늘을 물끄러미 바라보다 다시 식당 안으로 들어가버린다. 빗줄기는 거세져 발목만큼 튀어 오른다.

튀어 오른 빗줄기를 응시한다. 아스라이 추억 하나가 떠오른다. 서서히 또렷해진다. 어느새 그날의 처마 밑에 내가 서 있다. 논두렁을 아슬아슬하게 뛰놀던 꼬마들에게 빗줄기가 내리친다. 온몸이 흠뻑 젖는다. 처마 밑으로 냅다 뛴다. 슬레이트 지붕에 빗줄기가 떨어진다.

챙 챙 챙.

소리에 맞춰 입을 오므린다.

챙 챙 챙.

도심에서는 들을 수 없었던 소리다. 버려진 종이컵을 줍는다. 처마 밑으로 떨어지는 빗물을 담는다. 빗물이 꽉 채워진다. 신고 있던 운동화를 벗어 들고는 빗줄기에 가져가 댄다. 백반집 처마 밑에서 그날의 추억이 떠올랐다.

식당 문이 다시 열리더니 불쑥 종이컵을 내민다. 잠시 머뭇거리는 사이 종이컵은 내 손에 들려 있다. 따뜻한 온기가 뿜어져 나온다. 코끝을 자극하는 커피 향.

"커피 한잔 해."

인사를 건넬 겨를도 없이 식당 안으로 그녀가 사라진다. 커피를 받아 들고 식당 안을 쳐다본다. 손님은 없다. 눈이 마주치자 그녀가 미소를 짓는다. 빗줄기는 더욱 거세진다. 빗줄기가 하늘을 채운다. 흩날리던 빗줄기가 종이컵 안으로 들어간다.

그날의 미소는 그리움이 되었다. 그날의 처마 밑은 나의 고향이 되었다.

손 있는 날

딴, 짓 #003

손 없는 날은 이사 비용이 비싸다. 이삿짐센터에서도 손 없는 날을 알려준다. 비용을 깎을라치면 손 있는 날을 권한다. 미신이라며 무시하고 싶지만 쉽지 않다. 어쩔 수 없이 손 없는 날을 선택한다.

여든을 바라보며 일생을 점잖게 살아오신 먼 친척 어르신은 종교가 없다. 어르신들이 하는 미신적 습관도 별반 없다. 그분은 손 있는 날 이사를 하신다. 이사 비용도 저렴할뿐더러 일감이 없는 날일수록 서비스 만족도는 높아진다는 것이다. 그분이 '손'에서 벗어나게 된 사건이 있다. 윗대 어르신의 말씀을 거스를 수 없어서 손 없는 날을 이사 날로 잡았다. 때마침 점쟁이에게 건네받은 날짜도 그날이었다. 이사 당일, 소나기가 퍼부었다. 이삿짐은 빗물에 젖었고 하루에 두 탕을 뛰어야 한다는 손 없는 날의 서비스는 만족스럽지 못했다. 그분이 이사하고 싶어 했던 날은 간간이 서늘한 바람까지 불어대는 맑은 날이었다. 그 일을 겪은 후 그분의 철학은 더욱 확고해졌다.

"내가 선택해서 비를 맞았다면 내 탓이라 생각하고 받아들이겠어. 그런데 이건 날짜를 받은 거잖아. 원망만 생기더라고. 그 일을 겪으면서 생각했지. 나를 믿자. 나 자신을 믿자."

이 사건 이전에도 어르신에게는 조금 특별한 경험이 있다. 일흔을 갓 넘긴 어느 날의 일이다. 시장통을 걷는데 사람들이 오가지 않는 좁다란 골목에 뭔가가 눈에 띄었다. 가까이 다가갔다. 쓰레기를 잔뜩 품어 곧 터질 듯한 쓰레기봉투 위에 검정 구두 한 켤레가 가지런히 놓여 있다. 주위를 두리번거린다. 구두를 말릴 요량이었다면 쓰레기 위에 두지는 않았을 것이다. 때마침 구두를 사려던 참이었다. 구두를 집어 시장 길을 되돌아 나왔다. 구두를 손에 든 채 시장 거리를 활보한다. 주인이 있다면 찾아가라는 의도에서다. 그렇게 세 바퀴를 돌아도 누구 하나 구두에 관심을 두지 않는다. 구두 살 돈이 굳은 셈이다. 집으로 돌아와 구두 속에 소금을 넣는다. 그리고 베란다에서 말린다.

"옛날부터 새 신발을 사서 고사를 지낸 뒤 버리면 잔병치레를 막을 수 있다는 속설이 있어. 그래서 버젓이 말짱한 신발을 사서는 그렇게 해서 버리기도 했다고. 오죽 아프면 그러겠어. 근데 말이지, 그 미신을 들여다보면, 나처럼 신발을 주워 가면 주워 간 사람이 그놈의 잔병을 가져간다는 거야. 그건 너무 악한 것 아닌가? 신발을 버리는 행위 자체만으로도 잔병이 사라진다고 믿는 게 낫지 않겠어? 나는 그런 미신도 안 믿지만. 내가 괜찮으면 다 괜찮은 거야."

"그럼 그냥 신으시지 소금은 왜 넣으세요?"

혹시 모를 균 때문이란다. 그분은 그날도 검은색 고운 구두를 신고 있었다. 마음먹기에 달렸다는 건 어쩌면 참으로 간단한 일일지도 모른다.

오해와 이해 사이

딴, 짓 #004

데자뷔déjà vu, 프랑스어로 '이미 보았다'라는 뜻이다. 기억 속 저편에 남아 있다가 어떤 상황과 마주하면 불현듯 떠오르는 장면이 있다. 그 기억은 전생과 현생을 넘나들기도 한다. 그렇게들 믿고 있다.

비가 추적추적 내린다. 움푹 파여서 고르지 못한 노면에 빗물이 고인다. 달리던 자동차 바퀴가 움푹 파인 노면을 그대로 지나치자 빗물이 솟구친다. 마침 지나가던 여고생을 덮친다. 잽싸게 우산으로 막으려 했지만 역부족이다. 빗물을 흠뻑 뒤집어썼다. 입에서 거친 욕이 한꺼번에 쏟아져 나온다. 저만큼 달려가던 자동차가 갑자기 멈춰 선다. 문이 열리고 운전자가 내린다. 갑작스러운 운전자의 행동에 여고생은 쏟아내던 욕을 멈추고 순간 얼음이 된다. 운전자가 한 발자국 내딛자 여고생은 쏜살같이 달려간다. 운전자와는 반

비가 추적추적 내린다. 움푹 파여서 고르지 못한 노면에 빗물이 고인다.

대 방향이다.

"어이, 학생! 학생!"

뒤도 돌아보지 않고 여고생은 달려간다. 우산을 쓴 듯 만 듯 저 멀리 사라진다.

"세탁비라도 줬어야 하는데……."

반전이다. 큰 소리로 욕지거리를 퍼붓는 여고생을 나무라기 위해 차를 세운 줄 알았다. 여고생도 나와 같은 생각이었을 것이 분명하다. 그래서 도망쳐버린 것이다.

이런 경험이 내게도 있다. 비 내리던 날, 자동차가 빠른 속도로 지나친다. 빗물을 뒤집어쓴 나는 인상을 찌푸리며 험한 욕을 내뱉었다. 그때 나를 스쳐 지나간 차가 갑자기 멈췄다. 욕을 하던 나와 싸우러 내린 것이라 판단해 운전자가 보이지 않을 때까지 뛰고 또 뛰었다. 어쩌면 오해였을 수도 있겠다. 빗물에 흠뻑 젖은 내게 미안하다고 사과하러 내렸을 수도 있다. 생각해보면 자신을 향해 욕을 했다고 싸우러 내리는 운전자가 몇이나 될까? 누가 봐도 실수는 운전자가 먼저 저질렀는데. 내가 피해를 입었다고 생각하는 수많은 사건 중 하나가 말끔히 지워진 기분이다.

주술

딴, 짓 #005

아주 옛날, 혼자 있던 날의 기억이다. 초인종 소리가 들린다. 대문을 사이에 두고 낯선 이가 서 있다. 기름종이로 덮은 은박 접시를 들고 있다.

"엄마 없니? 이사 왔거든……."

팥이 수북이 쌓인 떡이다. 받아 들고는 식탁 위에 올려놓는다. 떡을 좋아해서 먼저 먹어도 될 법한데 엄마가 하는 의식이 떠올랐다. 기다려야 한다. 얼마 지나지 않아 초인종이 울린다. 이번엔 엄마다. 식탁 위에 놓인 떡을 보며 묻는다.

"누가 가져왔어?"

"이사 왔대."

엄마는 기름종이를 걷어내고 떡 모서리를 떼어낸다. 그리고 마당에 던지며 "고시레"라고 외친다.

"기도하는 거야."

세월이 지나고 나중에 알게 되었는데 정확한 발음은 '고수레'다. 고수레에는 가족의 안녕을 기원하는 엄마의 바람이 담겨 있다. 김치를 담갔다며 들고 오거나, 선물로 들어온 곶감을 나누어 받을 때에는 특별히 고수레를 하지 않으셨다. 어렴풋이 떠오르는 기억 속에서 떡은 엄마가 의식을 행하는 유일한 음식이었다.

그 시절, 동네 어귀에서 이제 막 이사 온 친구와 사방치기를 하고 있었다. 어디선가 동네 꼬마들의 목소리가 들렸다. 여자아이가 갑자기 뛰기 시작했다. 나도 그 아이의 뒤를 따랐다. 골목은 꼬불꼬불 복잡하게 얽혀 있었다. 대문 앞에서만 놀아야 한다는 엄마의 당부를 잊고 앞만 보고 달렸다. 얼마나 지났을까? 낯설다. 처음 보는 거리다. 뒤를 돌아 그대로 걸어가면 될 거라고 믿었다. 그런데 아무리 걸어도 익숙한 골목은 나타나지 않았다. 분명 해는 하늘에 떠 있는데 시야가 어두워졌다. 공포가 밀려들었다. 여자아이의 손을 잡았다. 당황한 건 그 아이도 마찬가지인 듯했다. 울먹이는 내 손을 꼭 쥐며 속삭인다.

"걱정 마."

텅 빈 골목을 한참을 걷던 우리는 구멍가게를 발견했다. 구멍가게 아저씨를 보자 눈물이 터져 나왔다. 아저씨는 당황했고, 곧 우리가 길을 잃었음을 알아챘다. 아저씨는 하얀 크림이 곱게 발린 보름달 빵을 건네며 우리를 달랬다. 빵을 반으로 쪼개 들었다. 눈물을 꾹 참고 있던 여자아이가 먼저 한입 베어 물었다. 눈물을 그친 나도 입에 가져갔다. 그때 나는 잠시 생각에 빠졌다. 그리고 고사리 같은 손으로 빵을 살짝 떼어내 가게 밖으로 내던졌다.

"고시레."

이렇게 하면 엄마를 만날 수 있을 거라 믿었다. 입안으로 달콤한 빵이 스르르 사라져간다. 그때다. 저 멀리 낯익은 실루엣이 눈에 들어온다. 엄마다. 보름달 빵을 든 채 달려가 엄마 치마폭에 얼굴을 묻었다. 이날의 사건은 수십 년이 흐른 지금도 엄마의 기억 속에 생생히 남아 있다. 지나온 시간 동안 엄마를 웃음 짓게 한 이날의 사건은 잊을 만하면 한 번씩 꺼내 드는 이야기다. 엄마의 기억인지 내 기억인지 그 경계는 불분명하지만 또렷이 기억하는 건 길을 잃고 헤매며 맞잡은 여자아이의 따뜻한 손과, 보름달 빵을 건넨 아저씨의 따뜻한 목소리다. 그리고 그날 이후, '고수레'는 두고두고 나를 지칭하는 수식어가 되었다.

편의점에 빠져들 수 없는 이유

딴, 짓 #006

어느 봄날, 동네 꼬마들이 하나둘 사라진다. 안으로 들어가서는 한참이나 보이지 않는다. 그리고 어김없이 손에 무언가를 들고 나온다. 꼬마들이 사라지는 구멍은 그리 크지 않다. 여느 대문보다 작고 어찌 보면 방문보다도 작다. 그런데도 동네 꼬마들이 모여들어 그 속으로 빠져든다. 은밀함, 비밀스러움, 그리고 허락되지 않은 달콤함. 구멍으로 꼬마들이 빠져든다.

한적한 시골길을 걸을 때면 구멍가게를 지나치지 못한다. 드문드문 상품이 진열된 구멍가게일수록 한동안 머물게 된다. 상품을 다 외우고 남을 만큼 서성인다. 주인도 재촉하지 않는다. 주인은 텔레비전에서 눈을 떼지 못한다. 크래커를 집어 들고는 구멍가게 밖으로 나왔다. 텔레비전에서 눈을 떼지 못하던 시선이 잠깐 나를 향하다가 다시 원래 자리로 돌아간다. 사각 텔레비전 구멍 속으로 들어가기라도 할 듯 내게는 별 관심이 없다. 가게 앞 평상에 앉는다. 계산을 하지 않은 크래커 포장지를 뜯는다. 주인은 흘끗 쳐다볼 뿐 내버려둔다. 입안으로 동그란 크래커가 들어온다. 달콤하게 사라진다. 하늘을 쳐다본다. 하늘에 구멍을 뚫은 듯한 동그란 태양에 눈이 시리다. 빨려 들어갈 듯 강렬하다. 크래커로 가려지는 태양. 눈을 감아도 태양은 나를 응시하고 있다. 온갖 상품들이 한눈에 훤히 들여다보이는 편의점에 들어설 때마다 허전했던 이유가 여기 있다.

도서관에 1000원들이 숨어 있다

딴, 짓 #007

학창 시절 오빠의 비밀 장소는 책이었다. 책 속에 용돈을 나눠서 보관했다. 그러고는 용돈을 다 썼다며 엄마에게 더 달라고 조르기 일쑤였다. 분명 책갈피에 1000원과 5000원을 나눠서 보관하고는 용돈을 달라고 보챘다. 숨기는 재미에 빠진 모양이거나 잊고 있다가 발견하게 될 때의 반가움 때문일 것이다. 그 재미를 나도 느꼈다. 숨긴 걸 찾는 재미에 빠진 것이다. 돈을 찾게 되면 그 자리에 그대로 뒀다. 그러다 슬쩍 1000원을 다른 책에 숨겼다. 며칠이 지나도 오빠는 모르는 눈치다. 마치 보물찾기를 하듯 책을 이리저리 뒤적이곤 했다. 그러다 재미있는 내용이 나오면 돈 찾는 것을 잊고 책 읽기에 몰두했다. 나중에 알게 된 사실은 남매의 보물찾기에 부모님도 동참했다는 것이다. 숨기는 이는 오빠뿐이 아니었다. 부모님도 우리를 위해 책갈피에 용돈을 숨긴 것이다.

마치 보물찾기를 하듯 책을 이리저리 뒤적이곤 했다. 그러다 재미있는 내용이 나오면 돈 찾는 것을 잊고 책 읽기에 몰두했다.

가끔 도서관에서 그날의 기억이 떠오른다. 수없이 많은 책을 보면 설렌다. 책 읽기를 좋아하는 건지 책에 대한 소유욕이 강한 건지 알 수 없지만 숨바꼭질하듯 도서관을 헤맨다. 손때 묻은 책들 사이에서 서성인다. 철학 분야에서 머뭇거린다. 어려워서 쉽게 다가가지 못한다. 심리학은 또 어떤가? 알면 알수록 몰입을 요하는 서적들 앞에 서면 한없이 작아진다. 이 어려운 책들을 집어 든 그 누군가를 위해 보물찾기를 준비해야겠다. 1000원을 꺼내 손때를 그리워하는 서적에 넣어둔다. 1000원을 발견한 이는 어떤 기분이 들까? 한 줄 한 줄 이해하는 데 힘들어하던 찰나, 1000원의 기쁨을 만끽할까? 아니면 이 책을 마지막으로 빌려 간 그 누군가를 찾아서 돌려줄 생각을 할까? 어쩌면 그 자리에 그대로 두고 나올지도 모르겠다. 1000원으로 시작된 나의 어린 시절 보물찾기는 어느새 원고를 쓰고 있는 내 인생으로 이어지고 있다.

프로 야구 선수, 정훈

유난히 첫 문장부터 풀리지 않던 그날, 피곤이 엄습해왔다. 스스로 정한 원고량을 매일 채우던 습관 때문에 책상에 앉기는 했지만 정리되지 않던 날이었다. 그런 날이면 자책으로 시간을 보낸다. 의지할 동료도, 꾸지람할 상사도 없다. 시간이 지나면 독자들의 냉정한 판단이 이어질 것이고 그 속에서 나는 또다시 슬럼프에 빠져들 것이다. 생각은 생각을 낳고 결국 잔인한 자책으로 창밖만 바라보다 속절없이 시간만 보내고 있다.

가끔 한심한 나를 더욱 한심하게 만들 요량으로 텔레비전을 켠다. '바보상자'라고 손가락질하던 어린 날들을 떠올린다. 사고를 방해하고 사유를 단절시킨다는 그것. 그런데 시청자를 이끄는 그 힘이 마냥 부럽다. 독자를 이끌지 못하는 나는 바보상자만도 못한 글쟁이가 아니던가? 그날은 결국 노트북을 덮었다. 소파에 기대 누워 채널을 돌린다. 번쩍번쩍 화면이 지나간다. 볼륨을 올린다. 시끄럽다. 잘난 사람들, 웃기는 사람들 일색이다.

화면 가득 야구장이 나온다. 한 선수가 타석에 들어선다. 얼굴은 이미 잔뜩 상기되어 긴장감이 전달된다. 야구에는 전혀 관심도, 호기심도 없었다. 관람석을 가득 메운 사람들은 광신도처럼 보였다. 스포츠 관람을 한심하게 생각하던 때다. 맥없이 들고 있던 리모컨에 힘을 준다. 채널을 돌려야겠다고 마음먹은 그때다.

"이 정도도 못 하면 안 되죠. 번트는 성공해줘야죠, 프로 선수가 말이죠."

그 순간 나도 모르게 얼굴이 화끈거리고 분노가 치밀어 올랐다. 잠시 지켜본다. 대타로 나온 선수다. 긴장한 근육은 번트를 실패로 몰아간다. 고개를 푹 숙이며 더그아웃으로 들어가는 그의 모습이 텔레비전 화면 가득 비친다. 해설자의 비난은 그칠 줄을 모른다.

프로야구 선수로 뛰는 이들은 야구 천재들이다. 전국에 야구를 하는 사람이 얼마나 많을까? 그들 중에서 가치를 인정받아 프로 구단에 입단한 것이다. 천재들끼리 모여 있으니 그 속에서 실력 차이가 나는 건 당연하다.

해설자의 비아냥거림이 나를 향한 비난처럼 들린다.

'이 정도도 못 하면 안 되죠. 심금을 울리는 글을 써줘야죠. 계약금까지 받아 간 작가가 말이죠.'

더그아웃으로 사라진 그를 텔레비전 앞에서 기다렸지만 그날 더는 그를 볼 수 없었다. 다음 날, 시간에 맞춰 야구 중계를 켠다. 엔트리에는 빠져 있다. 전날도 그랬기에 기다린다. 더그아웃으로 카메라 앵글이 향할 때마다 화면 속에서 그를 찾는다. 선수들 사이로 그가 보인다. 날카로운 눈매, 다소 상기된 얼굴은 여전하다. 얼마나 시간이 흘렀을까? 그가 전날처럼 대타로 나온다. 나도 모르게 텔레비전 앞으로 다가선다. 그는 날카로운 눈매로 투수를 응시하지만 전날보다 더욱 긴장한 얼굴이다. 그가 방망이를 휘두른다. 공이 날아온 궤적을 따라 방망이가 그대로 돌아간다. 공이 튕겨 날아간다. 안타다. 아니, 홈런처럼 높고 멀리 날아간다. 펜스에 맞고 튕겨져 나온 공이 화면에 나뒹군다. 카메라는 1루를 지나고 2루를 내달려 3루를 지나치고 있는 그를 잡고 있다. 그는 홈 플레이트로 미끄러지듯 밀려 들어간다. '홈런성 안타'라는 해설자의 감탄이 쏟아진다. 갑자기 눈물이 왈칵 쏟아진다. 코끝이 찡해진다. 그가 성공했다. 롯데 자이언츠 23번 정훈 선수, 나를 야구 세계로 빠져들게 만든 장본인이다.

그가 방망이를 휘두른다. 공이 날아온 궤적을 따라 방망이가 그대로 돌아간다. 공이 튕겨 날아간다. 안타다. 아니, 홈런처럼 높고 멀리 날아간다.

정훈 선수를 만나다

딴, 짓 #009

다음 날 목동 야구장으로 향했다. 롯데 자이언츠와 넥센 히어로즈의 야구 경기가 있다. 두 시간이나 전에 도착했다. 야구장 관람 시스템을 잘 몰랐기 때문에 서둘러 찾았다. 이미 야구팬들이 야구장 주변을 어슬렁거리고 있다. 야구장 외곽을 한 바퀴 돌아보는데, 정훈 선수가 바로 눈앞에 서 있다. 이것이 어찌 된 일일까? 나도 모르게 손을 뻗어 그의 팔을 잡는다. 그가 당황하며 뒤로 물러선다. 대형 버스에서 롯데 자이언츠 선수들이 내리고 있다. 고개를 들어 정훈 선수를 바라본다. 지나치던 강민호 선수가 한마디 거든다.

"사인 잘해드려."

야구팬들의 환호성을 받던 유명한 야구 선수들이 내 앞을 지나간다. 잡고 있던 팔에 힘을 뺀다. 그리고 멋쩍게 놓는다. 나도 모르게 나온 행동에 스스로도 당황했다.

"사인해주세요. 어제 봤어요."

"아니에요. 아니에요. 저 그 정도는 아니에요."

첫 책 출간 때 사인을 부탁한 독자에게 내가 건넨 말이 떠오른다.

"사인해드릴 정도는 아직 아니에요. 자주 볼 텐데 쑥스럽게 사인은요."

나의 실력에 확신이 없던 터라 그런 반응을 보였던 것이다. 정훈 선수도 같은 마음인 듯했다. 어느새 야구팬들이 몰려든다. 사인을 받지 못한 채 나는 뒤로 밀린다. 야구팬들 사이에 그가 서 있다. 사인펜을 들고 달려온 팬들에게 사인을 하고 있다. 나는 멀찌감치 서서 바라본다. 그날 이후 나는 야구광이 되었다.

23번 정훈 선수는 2013년부터는 33번을 달고 나온다. 정훈 선수를 보기 위해 야구장으로 향한다. 그의 성장을 기원하며 나의 발전도 바란다. 나보다 성장 속도가 빠른 정훈 선수는 2013년 엔트리 선수가 되었다. 이제는 완벽하게 번트에 성공한다. 성급하게 배트를 휘두르지 않는다. 날아오는 공을 끝까지 바라보며 투수를 괴롭히는 뛰어난 선수가 되었다. 이제 그의 얼굴에 여유가 묻어난다.

야구 글러브 아가씨

딴, 짓 #010

야구 글러브를 샀다. 대형 마트에서 골랐다. 어린아이용이다. 충동구매는 아니다. 몇 주 전부터 유심히 눈여겨보던 제품이다. 조몰락조몰락 만져만 보다가 두고 나오길 몇 차례. 호기심이나 상상력을 제외하고는 별다른 소유욕이 없던 내가 야구 글러브에 마음을 빼앗긴 것이다. 몇 권의 책과 노트북만 빼고 나머지 잡다한 물건들은 지금 당장 필요한 이에게 나눠주어도 아쉬울 것 하나 없다. 그리고 언젠가 배낭 하나만 짊어 메고 떠날 것이다. 이건 독립하면서 이미 결정한 일이었다. 모은 돈은 세계 여행으로 다 써버리고 서울이 아닌 새로운 곳에서 둥지를 트는 것. 당연한 삶의 순서라 생각한다. 그런 내가 야구 글러브를 샀다.

매장 점원이 야구공을 건넨다.

"같이 선물하시면 좋겠죠?"

맞다. 글러브가 있으면 공도 있어야 한다는 것을 생각 못 했다. 이젠 야구공까지 손에 들려 있다. 나 자신에게 주는 선물이니 점원의 조언이 틀린 말은 아니다. 소량 계산대에 선다. 앞에 선 아저씨가 벨트 선반에 올려놓은 물건이 좀 많아 보인다. 다섯 개 미만만 이용 가능하다는 소량 계산대에 수북이 쌓는다.

"다른 곳으로 가주세요."

점원의 반응이 단호하다.

"종류로 따지면 다섯 개가 안 돼요. 같은 종류잖아요."

얼핏 보니 그렇다. 종류로는 다섯 개를 넘지 않는다. 캔 맥주 세 팩과 게맛살 세 개, 생수 두 팩, 라면 두 팩.

"이러시면 안 됩니다."

더욱 단호한 어조다. 미간을 찌푸리던 아저씨가 게맛살과 라면 묶음을 뺀다.

"다음부터는 이러시면 안 돼요. 다들 보세요. 수량을 맞춰서 가져오시잖아요."

아저씨는 고개를 획 돌려 나를 바라본다.

"야구 글러브 아가씨한테는 미안한데 너무 빡빡하게 굴지 맙시다."

야구 글러브 아가씨. 사려는 물건이 호칭이 되었다. 만약 생필품이었다면 두부 아가씨, 화장품 아가씨 등으로 불리지는 않았을 것이다. 어색한 것, 독특한 것이 때로는 특징이 된다.

인근 중학교를 찾는다. 야구 글러브를 들고 있는 학생들이 보인다.

"학생, 캐치볼 할까요?"

한참은 어려 보이는 학생이 나를 위아래로 훑어보더니 선뜻 그러겠다며 고개를 끄덕인다. 학생을 향해 야구공을 던진다. 공을 받아 내게 던진다. 내 눈이 절로 감긴다.

"공을 끝까지 보세요. 공에 맞아봤자 살짝 아프고 말아요. 두려워하지 마세요."

상상에 의한 공포. 두려워하지 말라는 학생의 조언에 용기가 생긴다. 공을 끝까지 보라는 말은 목표를 향해 질주할 때 끝까지 한눈팔지 말라는 것처럼 들린다. 그것이 내게 고통을 주더라도 시간이 지나면 씻은 듯이 낫는다는 말처럼 들린다.

며칠이 지나 아마추어 야구 시합이 있다는 정보를 얻었다. 롯데자이언츠 응원 복장을 하고 운동화 끈을 동여매고 아마추어 야구장을 찾는다. 야구 글러브도 잊지 않는다. 시합 전, 양 팀 모두 연습에 한창이다. 뜨거운 뙤약볕 아래 구슬땀을 흘린다. 이내 가만히 있지 못하고 나도 야구 글러브를 끼고 연습에 동참한다. 아마추어 야구 시합에도 심판이 참석하는 줄 그때 알았다. 공식 심판이다. 야구 글러브를 낀 채 야구공을 던지고 받으며 심판을 응시하고 있으려니 그가 손짓한다. 나도 모르게 성큼성큼 내달렸다. 지금 내가 왜 뛰고 있는 걸까? 심판 앞으로 다가서자 자세가 발라진다.

"시구 한번 하실래요? 가능하겠어요?"

아마추어 야구 시합에 제대로 복장을 갖추고 구경 온 사람은 없었다며 이유를 밝힌다. 주위를 둘러보니 가족들이 대부분이다. 하이힐을 신고 한껏 꾸미고 왔거나 아예 편한 복장으로 관람하고 있다. 안 할 이유가 없다. 냉큼 하겠노라고 했다. 시합 시작 전 이십여 분 동안 맹훈련을 했다.

심판의 손짓과 함께 시구자로 나섰다. 순간 침묵이 흐른다. 야구공을 던졌다. 제대로 공이 날아간다. 한없이 날아간다. 야구를 향한 내 마음이 깊어지는 순간이다. 야구를 향한 자세가 진지해진 찰나다.

세상에는 이해 못 할 취미도 없고 한심한 취미는 더더욱 없다. 온몸으로 응원하는 이들이 카메라에 잡힐 때면 그 마음 충분히 이해하고도 남는다. 나도 그렇게 변했다.

속도전

딴, 짓 #011

캔 음료수 한 박스가 허공에 떠 있다. 한참을 허공에서 멈춘 듯하다가 포물선을 그리며 착지한다. 트럭에 실려 있던 음료수를 허리를 굽혀 그대로 트럭 밖으로 던진다. 받을 준비를 끝낸 시선이 음료수를 향한다. 가슴팍 높이로 들어 올린 손이 부드럽게 박스를 받는다. 받아 든 박스를 바닥에 내려놓는 손동작이 매끄럽다. 부드럽게 던지고 부드럽게 받는다. 트럭에 수북이 쌓여 있던 음료수 박스는 어느새 트럭 밖으로 옮겨졌다. 천천히 부드럽게 던져진 운명은 안정감 있게 내려앉는다. 만약 있는 힘껏 아래로 내리꽂았다면 어땠을까? 가속도로 인한 고통은 온몸에 전해지고 음료수 캔의 손상도 피할 수 없다.

문득 포물선을 그리며 허공을 날고 있는 나를 생각한다. 부드럽게 던져져 부드럽게 안착하는 삶. 더디 흘러가는 삶을 즐겨야 한다. 포물선을 그리며 해가 뜨고 해가 진다. 포물선을 그리며 달이 뜨고 달이 진다.

즉흥 여행

딴, 짓 #012

아침에 눈을 떴다. 커피 한잔 마실 여유도 부리지 않고 서울역으로 향한다. 홀로 부산행 새마을호에 몸을 싣는다. 늘 이런 식이다. 즉흥 여행은 이제 생활이 되어버렸다.

복도를 사이에 두고 노부부가 앉았다. 손수건에 싼 도시락을 꺼낸다. 시큼한 김치 향이 새마을호 안에 퍼진다. 콧잔등이 찌푸려진다. 입안에 침이 고인다. 도시락 까먹는 소리가 기차 안을 맴돈다. 굳이 주변을 의식하며 조심스러워하지 않는, 이른바 '세월의 소리'다. 아내의 손은 분주하다. 남편의 수저 위에 음식을 살포시 올려놓는 수고를 마다하지 않는다.

"꼭꼭 씹어요."

과도를 꺼내 사과를 깎는다. 향긋한 사과 향이 퍼진다. 아삭아삭 사과를 베어 문다. 식사를 마친 남편의 등을 떠민다. 좁다란 복도를 걷는다. 소화를 돕기 위한 걸음이 분주하다. 그사이 아내는 보온병을 꺼낸다. 달콤한 커피 향이 진동한다. 보온병 뚜껑에 담아둔 커피에 아내의 입술이 닿을 듯 말 듯하다. 입술을 오므려 호호 불며 열기를 식힌다. 두 손으로 조심스레 보온병 뚜껑을 탁자 위에 둔다. 복도를 천천히 걷던 남편은 제자리를 찾는다. 남편은 선 채로 커피를 마신다. 흔들리는 기차 안에서 균형감을 잃지 않는다. 앉아서 마시라며 아내는 손짓한다.

때마침 간식을 잔뜩 채운 카트가 복도를 지난다. 나는 허기졌다. 커피와 달콤한 초콜릿 크래커를 고른다. 크래커 포장지를 뜯고 보니 양이 꽤 많다. 복도 사이를 쭉 뻗어 어르신께 권한다. 손사래를 치던 아내와는 달리 남편은 손끝으로 크래커를 집어 든다. 작은 조각을 딱 두 개 집는다. 내 손으로 다시 절반을 집어 어르신에게 건넨다. 난처한 표정이 읽힌다. 사과 한 쪽 건네지 않은 것이 내심 미안했던 모양이다.

그리 서둘러 가야 할 일이 아니라면 새마을호를 탄다. 창 너머 보이는 전경도 다르다. 승객도 다르다. 분명 같은 전경이고 같은 승객일 텐데 어떤 기차를 타느냐에 따라 분명 다르다. 빈부의 격차를 말하는 것이 아니다. 승객의 수준을 따지거나 서비스를 논하자는 것은 더더욱 아니다. 새마을호는 개통 당시 관광호로 불렸다. KTX는 초고속 열차다. 공간에서 시간으로 변했다. 새마을호에는 여전히 공간이 존재한다. 새마을호에는 추억이 깃들어 있다.

어느새 종착역이다. 부부에게 인사를 건네고 서둘러 내린다. 역 앞에서 파는 어묵부터 집는다. 부산 토박이가 나무란 적이 있었다. 역 앞은 급하게 끼니를 때우는 뜨내기들을 상대하기 때문에 맛과 질이 떨어진다고 했다. 건성으로 넘겨듣는다. 그 맛을 지나칠 수가 없다. 어묵 꼬치를 여유 있게 먹는다. 내게 부산역 앞 어묵은 부산 그 자체다. 아는 이 하나 없는 내게 어묵 주인은 부산 지인이다.

흔들리는 기차간에서 원고를 쓰던 습관이 있었다. 마감을 코앞에 두고는 훌쩍 기차를 탔다. 부산역 앞에서 어묵을 먹고는 커피를 사 들고 되돌아오는 기차에 몸을 실었다. 온종일 기차를 탄 그날, 공간이 건네는 의미를 바라봤다.

즉흥 여행은 특별한 계획이 없으니 여유롭다. 가장 먼저 정류장에 멈춰 서는 버스를 타고 부산을 구경한다. 돌아갈 날짜나 시간은 정하지 않는다. 발길이 닿는 모든 곳이 그리웠다. 그 그리움 속에 내가 머물고 있다.

나이테가 새겨진 선물

쿠바 여행 중의 일이다. 숙소 정원에는 작은 바가 있다. 정원과 외부는 별다른 경계가 없다. 평온한 오후다. 숙소에 함께 묵은 이들과 음식을 즐기고 있다. 기타를 둘러메고 미소를 띤 악사가 내 옆자리에 앉는다. 스피커에서 흘러나오던 연주 소리는 점점 줄어들더니 이내 사라져버린다. 아마도 기타를 멘 이 청년을 기다렸던 모양이다. 대화 소리도 줄어든다. 느린 동작으로 기타를 꺼내 들고 튜닝을 시작한다. 그에게 쏟아졌던 시선이 조금씩 흐트러진다. 튜닝 시간이 꽤 길다. 그럴수록 나는 호기심이 생긴다. 연주 실력은 어떨까? 노래를 할까? 목소리는 어떨까? 뭉뚝한 손으로 기타 줄을 매만진다.

그의 연주가 시작되었다. 전혀 예상 못 한 감미로운 목소리다. 손끝이 둔탁해서 기타 연주에 서툴지도 모르겠다는 생각은 오해였다.

테이블에 앉은 그는 대화하듯 노랫가락을 읊조린다. 익히 듣던 선율은 아니다. 그런데 그 음색이 아름다워 대화도 사라지고 온통 그를 향한 시선만 남는다. 스태프들도 그에게서 시선을 떼지 못한다. 연주를 시작하겠다는 신호도 없고 언제 끝내겠다는 마침표도 없다. 끊임없이 연주가 이어진다.

어느새 별이 떴다. 그가 하늘을 바라보며 손가락으로 가리킨다. 일제히 하늘을 올려다본다.

그의 연주는 이어진다.

꽤 흐른다.

박수갈채가 이어진다.

나는 술기운인지 연주 때문인지 음반을 살 때처럼 돈을 꺼낸다. 두 손을 모아 공손히 건넨다. 내 의도를 알아챈 듯 붉게 상기된 그가 가방에서 뭔가를 꺼낸다. CD다. 빈 CD에 자신의 연주곡을 녹음해서 가지고 다니는 이들도 많다. 나는 그것을 기대했는데 그가 내민 것은 정가가 붙은 CD다. 그는 프로 연주가다. 그리고 연주 내내 그의 기타에 가려 보일 듯 말 듯 그의 가슴팍에 매달려 있던 목걸이가 어느새 그의 손에 들려 있다. 내게 걸어준다. 상아로 만든 체 게바라 얼굴. 감사의 마음을 전하며 머리를 조아린 내게 볼 키스를 건넨다.

그의 연주가 시작되었다. 전혀 예상 못 한 감미로운 목소리다. 테이블에 앉은 그는 대화하듯 노랫가락을 읊조린다.

나는 삶의 흔적이 있는 선물을 좋아한다. 그건 영혼의 선물이다. 체 게바라 목걸이는 그를 지켜왔듯 이제는 나를 지킬 것이다. 연주에서만큼은 자신감을 뿜어내던 그의 기운이 내게로 왔다.

흔적이 고스란히 묻어나는 선물을 더 좋아하게 된 계기가 있다. 고등학교 시절이다. 고향이 제주도인 프랑스어 선생님은 스카프를 두르고 이제 막 파리에서 귀국한 분위기를 연출했다. 길고 두툼한 입술은 그녀의 프랑스어 발음을 더욱 그럴싸하게 만들었다. 남자 선생님들에게도 인기가 많던 그 선생님은 수업에 열정이 대단했다. 선생님과 친해지고 싶은 마음은 간절했지만 숫기가 없던 내게는 어려운 일이었다. 방법은 딱 하나, 성적이다. 시험에서 두드러진 성적을 받는다면 선생님과 친분 쌓기는 어렵지 않을 것이다. 다른 과목에 비해 두 배 가까이 공을 들인 결과 오답은 단 한 개. 선생님의 관심은 저절로 내게로 왔다. 그렇게 해서 친해진 선생님과는 진학 문제부터 인생살이까지 속내를 드러내는 사이로 발전했다.

그렇게 반년이 흐르고 선생님은 남편을 따라 유학을 떠나기로 결심했다. 그녀를 따르던 많은 제자는 함께 기뻐해주는 한편 이별을 아쉬워했다. 먼발치에서 눈물만 흘리던 나를 선생님이 유심히 바라봤다. 그러던 어느 날, 그녀가 나를 찾았다. 교무실로 간 내게 선생님이 책을 한 권 건넸다.

"내가 아끼는 책이야. 낙서도 많고. 너에게 주고 싶다."

낡은 책 한 권이 나에게로 왔다. 그녀의 손때가 묻은 책이다. 그녀를 따르던 다른 제자들도 선물을 받았다. 친구들과 모여 선물을 비교했다. 아무리 봐도 내가 받은 선물이 제일 낡았다. 내가 받은 선물만 새것이 아니었다. 그땐 너무 어려서 선물의 의미를 몰랐다. 세월을 담은 선물의 의미를 미처 깨닫지 못했다. 그 책은 몇 번인가 이사하는 동안 분실하고 말았다. 그녀의 흔적도 함께 사라지고 만 것이다. 누군가의 시간과 추억이 담긴 선물은 그 사람의 일부분을 선물 받은 것임을 그때는 미처 몰랐다.

쿠바 악사가 건넨 목걸이는 자주 사용하지 않는 스탠드에 걸려 있다. 자주 사용하는 또 다른 스탠드를 켤 때마다 목걸이에 조명 빛이 걸린다. 조명을 받아 그림자 진 채 게바라가 나를 바라본다. 밤바람에 흔들린다.

카페 씨앤블루

딴, 짓 #014

가끔 부지런을 떨다 보면 오픈하지 않은 카페 앞을 서성이게 된다. 바로 옆에 다른 카페가 있는데도 들어가지 않고 그 카페 앞에서 서성인다. 옆 카페가 불친절해서도, 전망이 좋지 않아서도 아니다. 커피 향이 덜한 것도 아니다. 속내를 밝히자면 주인장의 음악 선곡 능력이 나를 이끈 것이다. 내가 듣고 싶은 선율을 그가 선택한다. 내가 빠져들고 싶은 감정으로 그가 이끈다. 커피 향보다 더 진한 선율을 따라 노트북 자판을 두드린다. 이래서 오늘도 오픈 시간보다 늦게 나타난 주인장을 원망하지 않는다. 골목에서 연인을 기다리는 설렘을 떠올리게 한다.

오늘도 나는 그를 기다린다. 특별한 대화를 나누지 않았으나 그가 선곡한 음악을 듣기 위해 그 앞에서 서성이고 있다. 서귀포시 '씨앤블루' 앞에 있다. 우유 한 상자를 들고 온 배달원이 나를 본다. 한 손에는 전화기가 들려 있다.

"문 앞에 두고 갈게요. 근데 여기 손님 오셨는데……."

통화를 끝낸 배달원이 나에게 다가온다.

"곧 온답니다. 바로 온대요."

"기다려도 괜찮은데……. 감사합니다."

그가 나타났다. 카페 문이 열리고 나도 안으로 들어섰다. 곧바로 낮게 깔리는 연주 소리. 커피를 주문한다. 커피 향이 채워질 무렵, 손님들이 들어찬다. 그리고 얼마나 지났을까? 손님들이 빠져나간 공간에 그가 다가온다.

"'사키소'라는 커피인데요, 한번 드셔보세요. 기다리시게 해서 죄송합니다."

마침 커피를 한 잔 더 주문하려던 찰나다. 그에게서 시큼한 와인 향이 섞인 커피 향이 난다. 서두른 건 나인데 도리어 그가 미안해한다. 사키소를 음미하는 나를 한참이나 바라본다. 말없이 미소를 건넨다. 그의 선곡에 귀 기울이고 그가 건넨 커피 향에 취해 한참을 머물고 바라보다 떠난다.

에너지

딴, 짓 #015

어느 연구소에서 실험을 했다. 두 개의 화분에 같은 종의 식물을 심었다. 크기도 비슷하다. 하나의 화분에는 매일 사랑한다는 고백을 했고 또 다른 화분을 향해서는 불만을 내뱉었다. 시간이 지나서 현격한 차이를 보이는 성장 속도는 매스컴을 떠들썩하게 했다. 감정이 없는 식물이 인간의 감정에 따라 다른 반응을 보인 것이다. 인간에게서 뿜어져 나온 에너지의 영향이다. 식물의 성장에 변화를 줄 정도로 내뿜어져 나가는 인간의 강한 에너지가 과연 인간 자신에게는 어떤 작용을 할까? 분명한 건, 밖으로 배출하는 에너지 그 이상으로 안으로 파고들 것이다. 사랑하는 마음은 스스로를 더욱 사랑하게 만들고 미워하는 마음은 스스로를 더욱 미워하게 만들 것이다.

게스트 하우스

딴, 짓 #016

그날의 기억은 또렷이 남아 있다. 꿈이라고 하기에는 너무도 생생한 장면이다. 밭은 숨을 쉬며 꼼짝할 수 없었다. 껌도 아니고 가래도 아닌 진득진득한 이물질이 입안 가득 들어차 있다. 혀로 긁어낼수록 목구멍으로 더욱 말려 들어간다. 숨 쉴 공간은 손톱만큼도 남아 있지 않다. 숨을 헐떡인다. 소리가 입 밖으로 터져 나오지 않는다. 온몸이 식은땀으로 뒤범벅이다. 희미하다. 호흡도, 공간도, 시간도. 그러다 크게 뚫린다. 잠에서 깬다.

출장을 가서도, 여행을 떠나서도 가위는 어김없이 찾아든다. 커튼을 활짝 열어놓기도 하고 이중 커튼으로 빛이 새어 들어오지 못하게도 해봤다. 취침용 스탠드를 은은하게 밝혀놓기도 해보고 텔레비전을 틀어놓기도 했다. 그러나 가위는 아랑곳없이 찾아들었다. 만취하거나 밤을 지새우는 것 이외에는 탈출구가 없었다. 가위에 시달리기 시작한 건 대학을 졸업하고도 한참이 지난 어느 시점이다. 세월을 거슬러 원인을 찾으려 애를 썼다. 모든 사건에는 원인이 있지 않던가? 낯선 공간이 첫 번째 원인인 듯했다. 그것도 오롯이 홀로 지낸 시기일수록 가위는 그림자처럼 달라붙었다. 가족과 함께 있다는 안도감이 들면 가위에 눌리는 일은 없었다. 그렇다고 항상 가족을 동반하고 여행을 떠날 수는 없는 노릇이다. 공간을 누군가와 공유할 방법을 찾으면 어떨까?

게스트 하우스는 낯설지만 누군가와 '함께 있음'이다. 낮게 깔리는 코 고는 소리와 숙면을 취한 이의 호흡은 내게 혼자가 아님을 알린다. 쉽게 잠을 청하지 못하는 이의 조심스러운 뒤척임은 함께 깨어 있음을 상기시켜준다.

서서히 잠이 들고 서서히 눈을 뜬다. 어느새 아침이다. 아주 개운한 아침을 맞이한다. "잘 잤느냐?"라는 인사말이 없어도 어색하지 않은 편안한 공간이다. 물론 공간을 공유하기 때문에 많은 부분에서 배려하고 양보해야 한다. 그래도 상관없다. 잠자리가 바뀔 때마다 달라붙던 가위가 더는 찾아오지 않는다. 한껏 정리된 호텔보다 게스트 하우스가 나는 좋다.

게스트 하우스는 낯설지만 누군가와 '함께 있음'이다. 낮게 깔리는 코 고는 소리와 숙면을 취한 이의 호흡은 내게 혼자가 아님을 알린다.

인사동 '그 카페'

딴, 짓 #017

약속 장소에 한 시간 정도 여유를 두고 도착한다. 그리고 근처 거리를 배회하며 마음에 드는 카페를 찾는다. 특별한 기준은 없다. 유난히 출입문이 작거나 반대로 유난히 크거나, 창문이 유난히 작거나 유난히 크거나, 하얀 벽돌담이 앙증맞게 예쁘거나 출입문 계단에 핀 잡초가 눈에 띄거나, 테라스에 앉아서 담배를 피우는 이의 표정이 그럴싸하거나 때론 실내가 전혀 보이지 않는 어두운 쇼윈도에 비친 내 모습에 시선이 머물 때 무작정 그 카페 안으로 들어간다. 그날의 날씨와 기분에 따라서도 달라진다.

인사동으로 약속 장소를 정하면 머릿속에 떠오르는 카페가 있다. 인사동 거리와 카페의 경계는 출입문뿐이다. 살짝 높인 턱도 없고 거리와 구분 지으려는 시도도 없다. 종업원과 주인이 구분 없이 무뚝뚝하다. 싹싹한 서비스가 없으니 카페에 들어와 앉았다는 기분도 없다. 잠시 힘든 발걸음을 쉬고 가겠다는 마음만 있으면 된다. 따뜻한 차 맛이 좋다. 특히, 쌍화차나 대추차 맛이 꽤 좋다. 밖을 바라보는 창가 좌석은 좁고 불편하지만 갈 때마다 그 자리에 앉는다. 읽어야 할 원고나 책을 펼치고 앉아 있으면 시간 가는 줄 모른다. 그들이 건네는 무관심, 차를 마셔본 이들만 안다는 사유의 시간을 그들이 내어준다.

책을 읽다가 행인들의 발걸음이나 대화 소리에 고개를 들어 창밖을 응시한다. 바쁘게 지나치는 행인 속에 홀로 앉아 있다. 어느 것 하나에 집중할 수 없을 것 같지만 주변 모든 것에 집중하게 만드는 묘한 분위기. 그래서 그 카페가 좋다. 누군가와 인사동에서 만나기로 하면 어김없이 그 카페로 장소를 정한다. 그러다 보니 지나가던 길에 잠시 카페 안으로 고개를 들이밀고 나를 찾아봤다는 이야기를 종종 듣는다.

흔하디흔한 카페가 나로 인해 '그 카페'로 변한다. 그 카페를 떠올리면 그 사람이 생각나는 그런 곳. 인테리어가 예전 그대로일수록, 낡아빠진 카페 간판을 그대로 걸고 있을수록, 무뚝뚝한 태도에 변함이 없을수록 시간 여행을 즐기기에 충분하다.

자유와 일탈

딴, 짓 #018

이제야 비로소 알게 된 내 삶의 축.

자유와 일탈.

이십여 년 가까이 나를 바라본 예리한 선배가 던진 한 줄 평이다. 그리고 그가 한 줄 평과 함께 남긴 별 세 개 반.

자유롭지 못해서, 경계를 넘나들지 못해서 늘 고민이었다. 그런데 곁에서 바라본 내 모습은 그렇지 않았던 모양이다. 자유와 일탈이라. 다른 말, 같은 의미다.

벗어나려 애쓰는 것은 이미 넘어선 것이고, 이미 그 자체다.

여치의 시간

딴, 짓 #019

작업실에 여치 사체가 있다. 반쯤 짓눌린 연두색 여치가 바닥의 무늬처럼 박혀 있다. 커피를 내려 마시다가 밟고 지나친 것 같다. 감각이 그렇게 없었을까? 작업실 바깥엔 나무숲이 있다. 여치는 길을 잃고 헤매다 작업실로 향했을 것이다. 아니, 호기심에 다가왔을 것이다. 그러고는 예상치 못한 운명을 맞이하게 되었다. 그 자리에서 여치의 시간은 멈췄다.

사체를 치우지 않는다. 지나칠 때마다 여치를 바라본다. 그동안 이런 일이 있었더라면 대수롭지 않게 치웠을 것이다. 십여 년 가까이 지내면서 처음 겪는 일이다. 여치의 사체가 내 눈앞에 있다.

핏기 없는 인간의 사체를 본 적이 있다. 여치는 고운 색을 띤다. 마치 살아 있는 듯 시선을 유혹한다. 연두색 여치 사체가 작업실에 있다. 그의 시간은 멈췄지만 내가 바라보는 한, 그 자리에 그대로 시간은 흘러간다. 여치의 시간이 흘러간다.

여행자로 산다는 것

딴, 짓 #020

"괘안타, 내 거는."

"아이다. 안 된다. 일본은 물 떨어지는 거 지랄한다."

한인 타운이 있는 도쿄의 신오쿠보 역. 한 카페에서 들리는 한국말에 귀를 쫑긋 세웠다. 예순을 훌쩍 넘긴 노년의 대화다. 국내에서는 우산을 집어넣기만 해도 비닐이 씌워진다. 일본도 대형 건물은 그런 반자동 기계를 구비해놓기도 하지만 대부분 수동식이다. 우산 비닐을 일일이 손으로 직접 껴야 하는 수고를 모두 감내하고 있다. 보슬비를 맞은 우산은 물방울을 머금고 있다. 아마도 "괘안타"에는 굳이 비닐을 씌워야 할 정도는 아니라는 것과, 귀찮고 번거롭다는 의미가 동시에 들어 있을 것이다.

"뭐 이리 까다롭노."

"여기서 지낼라믄 야들이 시키는 대로 해야 한다. 그래야 무시 안

당한다."

사흘 만에 듣는 사투리가 정겹다. 카페 안이 한국말로 가득 찼다. 씹는 것도 조용히 그리고 천천히, 걸음걸이도 조심스러운 일본인들 틈에 한국 어머니들의 목소리는 더욱 크게 울린다. 그녀들의 목소리 톤이 점점 낮아진다. 주변을 의식한 것이다. 그녀들을 쳐다보거나 험담하는 몸짓은 없다. 그런데도 그녀들은 분위기에 녹아들기 시작했다.

그러고 보니 일본에 도착한 지 사흘이 지난 지금, 나도 변했다. 걸음걸이부터 달라졌다. '천천히'가 머릿속에 들어앉았다. 카페 안에 들어서기 전, 비닐을 우산에 씌울 때도 차분했다. 조심스럽게 들고 들어온 뒤, 빈자리를 먼저 찾는다. 소지품을 자리에 두고 다시 일어선다. 직접 구운 크루아상이 진열되어 있는 곳에서 빵 하나를 접시에 담는다. 앞선 주문자와는 조금 멀리 떨어져 선다. 그의 주문이 끝나고 나서도 그대로 기다린다. 계산원이 말을 건네면 그제야 커피를 주문한다. 내가 하던 대로 노년의 부인들도 하고 있다. 눈치 빠른 그녀들이 어느새 카페 문화를 배우고 있다. 문화는 눈치로 배우기 시작한다. 눈치는 말 그대로 센스 아니던가.

"홋토 고히……. 홋토 고히오 구다사이. 아메리카노. 너 사이즈 뭐

할래? 아니다. 내가 그냥 시킬게. 스미마센. 에무 사이즈."

일본어와 한국어가 뒤섞여 들린다. 새로운 환경은 나이가 들어감에 따라 느리게 익혀지지만 늘 하던 대로, 살아온 습관대로 하지 않으려 애쓰게 만든다. 새로운 것에 애쓰는 것, 아무리 늙어가도 여행을 놓칠 수 없는 이유다.

새로운 환경은 나이가 들어감에 따라 느리게 익혀지지만 늘 하던 대로, 살아온 습관대로 하지 않으려 애쓰게 만든다. 새로운 것에 애쓰는 것, 아무리 늙어가도 여행을 놓칠 수 없는 이유다.

되돌아갈 길을 잃다

딴, 짓 #021

학칙을 익히고 교사의 지시에 어긋나지 않으며 부모님을 크게 실망시키지 않는 아이, 이것이 나의 학창시절의 모습이다. 보통 학생들이 보내는 삶과 별반 다르지 않았다. 딴짓이라고는 공부하면서 라디오를 듣거나 독서실에서 일기를 끼적이는 정도였다. 방과 후에 독서실에서 하루를 마감하던 것이 전부였던 내게 지금도 생생한 기억이 하나 있다. 키 크고 늘씬한 친구의 가방에서 길고 구불구불한 가발이 나왔다. 왜 가발을 가방 속에 넣고 다녔는지 이유 따위는 궁금하지 않았다. 상상은 더해지고 소문은 삽시간에 번졌다. 게다가 그 아이의 성적은 그녀를 타락하고 불건전한 학생으로 낙인찍기에 충분했다. 교실 게시판에 성적을 공개하던 그 시절에는 성적이 곧 삶의 태도를 말해주는 것이었다.

그 후 그녀와는 인사조차 건네지 않았다. 마치 전염병을 바라보듯 눈길을 마주치는 것조차 거부했다. 같은 반 친구라는 것마저 부정하고 싶을 정도로 혐오스러운 존재로 전락해버렸다. 아마도 엄마가 툭 내뱉듯 건넨 "어울리면 닮아가. 그렇고 그런 아이들의 미래는 안 봐도 뻔하다"라는 말 때문이었다. 학칙을 어기고 교사의 지시를 무시하며 부모님을 실망시키는 '그렇고 그런' 아이에게 밝은 미래란 존재하지 않는 시절이었다. 가발을 쓰고 나이트클럽을 다녔다는 목격담까지 등장했고, 그 아이는 학교생활을 이어갈 수 없었다. 학교의 명예를 더럽혔다는 이유로 전학 갈 것을 종용당했다.

얼마 후 빈자리가 하나 생겼다. 작별 인사도 없이 그 아이는 전학을 갔다. 자퇴를 한 건지 정말 전학을 간 것인지 정확히 기억이 나지 않는다. 다만 그 아이는 더는 관심 대상이 아니었다. 담임선생님은 그 아이에 관한 어떤 이야기도 하지 않았다. 그 아이의 소식은 더는 들을 수 없었다. 아니, 정확히 표현하자면 그 누구도 궁금해하지 않았다. 25년이 지난 지금, 과연 그녀는 어떤 삶을 살고 있을까?

오늘도 도쿄는 빗줄기가 흩날린다. 문득 잊고 있던 그날의 기억이 떠오른 건 잠시 길을 잃고 헤매던 그 순간이었다. 한 시간 넘게 산책을 했으니 꽤 멀리 걸어 나온 셈이다. 길을 잃는다는 건 방향을 놓친 것이다. 특별히 가고자 했던 목적지는 없었는데 정작 되돌아갈 길

25년이 지난 지금, 과연 그녀는 어떤 삶을 살고 있을까?

을 잃은 것이다. 가발을 들켜버린 그녀도 되돌아오지 못했다. 변명의 기회조차 주어지지 않던 그녀는 되돌아갈 방법을 묻기도 힘들었을 것이다. 길은 누구나 잃을 수 있는 것인데…….

엄마와는 다른 길

딴, 짓 #022

눈높이에 엄마의 따스한 손이 보인다. 내 손은 어깨만큼 올라 있다. 팔에 힘을 빼도 매달려 있는 손. 엄마를 따라 내 손이 흔들린다. 손수건은 내 가슴팍에 매달려 내가 살아온 세월을 가늠하게 한다. 나는 더는 손수건을 사용하지 않아도 될 만큼 성장했음을 알려야 했다. 깨끗한 손수건이 그대로 매달려 있음으로써 나는 칭찬을 얻는다. 그렇게 일주일이 지나자 더는 엄마는 동행하지 않는다. 이제 혼자 길을 걷는다. 엄마와 함께 걷던 그 길을 따라 학교로 향하고 그 길을 따라 집으로 되돌아온다. 엄마가 일러준 대로 군것질도 하지 않는다. 그것은 절대 어긋나서는 안 되는 규칙이다. 그리 강하지 않은 어조로 엄마의 규칙은 이어졌고, 그 규칙을 따라 나의 삶도 이어졌다. 그렇게 마흔을 넘겨 살아왔다.

그런데 이제 와 불혹의 나이에 흔들린다. 어긋남, 삐뚤어짐, 불규

칙은 막혔던 그 무언가를 비집고 터져 나온다. 늘 가던 길에서 벗어나 헤맨다. 박수받을 사랑을 비껴간다. 그래도, 그럼에도 불구하고 감사히 여긴다. 실타래처럼 엉킨 그 순간을 소중히 여긴다. 단출한 이 공간을 사랑한다. 이것이 내가 찾던 행복이다. 내가 선택한 길, 내가 원한 일, 내가 정한 나의 삶. 그것은 오롯이 딴짓, 거침없는 딴짓으로부터 시작되었다.

이제는 더는 엄마가 나선 길로 가지 않는다. 세상의 시선이 곧 내 시선이라고 착각하지 않는다. 세상의 신앙이 곧 나의 신앙이 되기를 기도하지 않는다. 용기와 도전을 칭찬과 맞바꾸지 않는다. 내 인생은 나의 것이라는 자명한 철학 앞에 그것을 어떤 방식으로 헤쳐 나아가야 하는지 진심 어린 고민의 시간을 보낸다. 그리고 새삼 깨닫게 되는 한 가지. 그 누가 뭐래도 나의 선택이 나라는 인간을 만들고 있다. 다행인 건 지금도 늦지 않았다고 믿는 나를 만난 것이다. 더 늦기 전에, 더 슬퍼지기 전에, 더 두려워지기 전에 나는 다른 길로 들어선다.

이름 모를 묘 앞에서

딴, 짓 #023

공장을 소유한 지인이 있다. 처음 공장 지을 터를 알아보러 다닐 때는 자금을 그리 넉넉히 확보하지 못했다. 저렴한 곳을 찾아야 했다. 경기도 인근 외진 곳을 찾던 중 부동산 중개업자로부터 희소식이 들려왔다. 보유한 자금에 맞는 터를 찾았다는 것이다. 그런데 한 가지 걸리는 부분이 있다고 했다. 주변에 주인을 알 수 없는 묘가 있다는 것이다. 부동산 중개업자는 막상 가보고 나면 묘 탓에 머뭇거리는 이들이 많았다고 했다. 당장 공장 부지를 구입해야 하는 마당에 묘라는 단어는 심각하게 들리지 않았다.

공장 터 경계에는 비석도 반석도 없는 묘가 덩그러니 있다. 선택의 여지가 없었다. 계약서에 도장을 찍고 사업을 이어갔다. 조촐하지만 공장 오픈식도 했다. 막걸리와 돼지머리가 전부였다.

오픈식을 끝낸 후 문득 홀로 이 터를 지켜온 이름 모를 이의 묘로 향했다. 막걸리를 붓고 큰절을 했다. 명절 때는 마른오징어와 소주를 한 잔 올렸고 시간적 여유가 생기면 잡초를 뽑았다. 잡풀로 뒤덮인 묘는 어느새 말끔해졌다. 성실한 그는 몇 번의 위기와 불경기를 거뜬히 이겨낼 만큼 공장을 성장시켰다. 십여 년이 지나고 사업은 번창해서 공장을 확장해야 했다. 인근 땅은 십여 년 전에 비해 가치가 치솟아 있었다.

다시 부동산 중개업자를 찾았다. 조금 더 싸고 넓은 부지를 찾아야 했다. 수소문 끝에 그가 원하던 크기의 부지를 찾을 수 있었다. 야트막한 야산을 등지고 저 멀리 고속도로를 내다보고 있는 터다. 그런데 그의 시선에 낯익은 광경이 보였다. 잡초로 뒤덮인 묘다. 공장 터와는 떨어져 있지만 누구 하나 찾지 않는 묘임이 틀림없었다. 막걸리를 사서 흩뿌리며 읊조렸다. 새로 이전한 공장 주인이에요. 잘 부탁드립니다.

"터를 잡을 때마다 묘가 있어요. 대부분 피하고 본다는데 저는 워낙 공장 운영에 매달려야 할 때여서 개의치 않았죠. 세월이 지나서 생각해보면 힘들 때마다 이름 모를 묘에 다가가 막걸리를 뿌리면서 넋두리를 많이 했던 것 같아요. 혼잣말을 지껄이다 보면 분노와 원망이 욕설로 튀어나올 때도 있어요. 그러다가 시간이 지나면서 분

노는 가라앉고 원망도 사라졌던 것 같아요. 뭐랄까? 요즘 말로 그걸 '힐링'이라고 표현하면 어떨까 싶어요. 막걸리 얻어 잡순 분들이 저를 도와준 건 아닐까요? 허허."

혼잣말을 할 시간을 갖는다는 것이 곧 나를 만나는 시간이다. 내가 무엇을 잘하고 있는지 무엇을 잘못하고 있는지, 어떤 방향으로 나가야 할지에 대한 고민은 정작 내가 결정해야 할 문제다.

세월이 꽤 흐른 뒤, 그의 일화를 되새기게 된 날이 찾아왔다. 수서역에서 시작하는 대모산은 야트막하지만 길게 이어진 고즈넉한 숲길이 산행 초보자에게 그만이다. 홀로 걷기에도 제격이다. 물 한 병을 손에 들고 천천히 발걸음을 옮기며 대모산을 걷고 있었다. 대모산을 오르고 5분이 채 지나지 않던 찰나, 뭔가 눈에 들어왔다. 풀숲으로 둘러싸인 좁다란 산길 왼편으로 정교하게 잘린 돌덩이가 모서리를 삐쭉 내보이고 있다. 내 발밑에 나머지 절반이 파묻혀 있다. 고개를 들어 오른쪽을 바라본다. 오른편으로 거의 흔적을 알아볼 수 없는 묘가 눈에 띈다. 누군가가 정성스레 조상을 모신 묘 반석 위에 내가 서 있다.

소스라치게 놀랐다. 누가 감히 반석 위를 버젓이 걸었단 말인가? 얼마나 긴 세월이 흘러서 흔적만 남기게 되었는지 알 수 없지만 분명한 건 누군가의 걸음이 이 길로 이어졌고, 그렇게 시간이 흘러 등산로를 내어주고 있다. 그동안 그 길을 지나친 등산객들은 몰랐을까? 모르고 내딛는 발걸음에 파묻혀버린 것일까? 서둘러 그 길을 지나쳤다. 어떤 마음으로 등산을 했는지 기억조차 나지 않는다.

다음 날, 막걸리를 한 병 샀다. 그리고 대모산을 올랐다. 산길 초입에 있는 그곳으로 향했다. 마주 걸어오는 등산객이 보인다. 아무렇지 않게 그 길을 지나친다.

"다 자연으로 돌아가는 거지 뭐. 여기도 묘가 있네."

아, 다들 알고 있었다. 사 들고 간 막걸리를 조심스레 뿌린다.

"잘 부탁합니다."

그 후로도 그 길을 지날 때면 혼잣말을 하게 된다. 두려움을 없애려는 마음에서일 수도 있고 미안한 마음일 수도 있다. 하소연에 가까운 나의 혼잣말은 내가 나에게 건네는 대화다. 나의 소망을 만나고 원망을 만나고 행복을 만난다. 잘 부탁해.

고무신과 하이힐

딴, 짓 #024

성북구에 있는 길상사로 가는 내내 설렜다. 설렌다. 목소리가 잦아드는 차분한 분위기에서 설렘은 시작된다. 그리고 차 한 잔 앞에 두고 앉아서 옆 테이블 신자들의 담소에 귀를 빼앗겼다. 명승들도 감당하기 힘든 세속의 흔들림에 관한 담소다. 독립운동을 한 어느 명승의 외도에 관한 이야기가 머릿속을 스치고 지나간다. 내려놓으면 내려놓을수록, 버리면 버릴수록, 작은 떨림에도 설렘은 더 짙어지는 거 아니겠는가?

오늘처럼 불쑥 사찰을 찾을 때면 높은 굽이 민망해진다. 보드라운 모래가 깔린 경내에 작은 구멍들이 숭숭 뚫린다. 경내에는 발걸음만 가득하다. 봄기운에 얼었던 땅이 녹아 고무신 발자국이 질척거리는 땅을 다지고 있다. 그 속에 자꾸만 깊게 파이는 나의 걸음. 여기서도 나는 눈높이를 맞추지 못하고 헤매고 있다.

내려놓으면 내려놓을수록, 버리면 버릴수록,
작은 떨림에도 설렘은 더 짙어지는 거 아니겠
는가?

빗소리

딴, 짓 #025

취재기자 시절, 출퇴근으로 보내는 시간이 너무 길어 신문사 근처인 독립문 지하철역 인근에서 지낸 적이 있다. 홑벽이어서 아무리 보일러를 틀어도 입김이 나오는 추위를 감당해야 했다. 그건 외부 소리에 민감해질 수 있다는 의미이기도 하다. 그 집을 보러 간 날, 비가 내리고 있었다. 내부 구조를 설명하는 사이사이 빗소리가 들렸다.

투두둑 투두둑.

눈 내리는 소리도 들리겠다는 말을 꺼내자 부동산 사장님은 우스갯소리도 잘한다며 얼버무린다. 그때 나는 진심이었다. 눈 내리는 소리도 들을 수 있을 날을 기다리며 설레는 시간을 보내겠다는 의미이기도 했다. 부동산 사장님은 자꾸 아니라고만 한다.

"아니에요. 아니라니까요. 설마 눈 내리는 소리까지 들리겠어요?"

한창 소리에 민감할 때였다. 비든 눈이든 소리를 듣고 싶다는 내 발언을 곧이곧대로 듣지 않는다.

"그 정도는 아니에요."

그곳에서 그리 오래 살지는 않았지만 비가 내리는 날이면 나는 그때 그 공간으로 돌아간다.

그날 이후, 옥탑방에서의 삶을 준비하기 시작했던 것 같다.

늘 그곳에 있었다

딴, 짓 #026

몇 해 전, 부모님을 모시고 기독교 회관에 갔다. 부모님 지인의 자녀 결혼식이었다. 부모님은 회관 안으로 들어가고 나는 밖에 남았다. 유난히 하늘이 예뻐서 자동차 차창 밖으로 시선을 떼지 못하고 있었다. 그렇게 몇 분이 흘렀을까? 낯익은 사람이 내 앞으로 걸어온다. 보조석에 앉아 있던 나는 순간 경직되었다. 심장이 멈춘 듯 호흡이 잦아들었다. 옛 연인이다.

그는 점점 가까이 다가왔고, 그리고 스쳐 지나갔다. 눈에 익은 진녹색 점퍼. 헤어스타일도 표정도 그대로인 그 남자는 나를 보지 못했다. 눈이 마주쳤다면 아마도 그 자리에 멈춰 서고 말았을 것이다. 나는 백미러조차도 쳐다보지 못했다. 영화 같은, 노래 가사 같은 이런 일이 내게 벌어졌다. 그와의 재회는 그때 이후로 없었다.

헤어짐은 인연의 끝이 아니었다. 만남이 인연의 시작이 아닌 것처럼. 늘 그곳에 있었으나 내 사람이 아니었고, 늘 그곳에 있었으나 알아채지 못하고 있을 뿐이다.

균형 잡기

딴, 짓 #027

일주일이고 열흘이고 공간에 틀어박혀 나서기를 주저한다. 열흘 치 식량이 떨어져갈 때가 되면 어쩔 수 없이 운동화를 신는다. 햇볕을 자주 쬐지 않으면 불면증과 우울증이 더욱 심해질 거라는 경고를 무시한 채 지낸다. 움츠러들고 세상을 거부하는 마음을 변하게 하는 건 그 누구도 아닌 나다. 내가 나서야 한다. 작업 공간을 줄인다. 줄이고 또 줄인다. 마음 같아선 서재를 제외하고는 전부 다 사라져도 상관없다. 공간을 줄일수록 세상 밖으로 나갈 수 있다. 작업 공간이 줄어들고 책으로 뒤덮여갈수록 하루에 한 번은 밖으로 뛰쳐나간다. 작업 공간이 줄어들수록 내리쬐는 햇볕에 미간을 찌푸리고 하늘을 바라보는 시간이 길어진다. 도심을 벗어나야겠다는 생각은 작업 공간을 줄일수록 짙어진다.

과거의 거울

딴, 짓 #028

인도 바라나시에서 방을 함께 쓰게 된 그녀의 투정을 끝까지 받아줬다. 그녀는 15년 가까이 직장 생활과 주부로서의 역할을 충실히 해오던 어느 날, 직장이고 가정이고 다 때려치우고 싶어졌다. 주변의 만류에 잠시 흔들렸지만 더는 참을 수 없었다. 직장 동료와의 사이에서 벌어질 법한 스트레스나 업무에 대한 압박감은 전혀 없었다. 문득 올려다본 하늘이 너무 예뻤단다. 가정적인 남편과 순종적인 딸은 엄마의 변화에 꽤 적응하기 힘들어했다. 사표를 내고 집으로 돌아와 여행을 떠나겠다는 통보는 딸의 울음을 터뜨리기에 충분했다. 초등학교 2학년인 딸은 엄마가 떠나려는 것을 영 받아들이지 못하는 눈치다. 그나마 남편은 자신의 부족함을 자책하며 그녀의 선택을 받아들였다. 갠지스 강을 바라보던 그녀가 묻지도 않은 질문에 답변을 한다.

"나는 그래서 여기에 왔어."

육체와 정신의 혼란은 여전히 그녀를 움켜쥐고 있었다. 마치 딸을 대하듯 남편을 대하듯 내게 끊임없이 잔소리를 퍼붓던 그녀가 나를 이끌고 갠지스 강으로 향했다. 그녀는 혼자 식사하는 것은 상상도 못 한다고 했다. 산책을 홀로 하는 것은 엄두조차 나지 않아 보였다. '혼자'는 따돌림이라 했다. 따돌림당하는 것은 끔찍한 삶이라며 나를 이끈다. 우연히 만난 그녀가 어느새 나의 여행을 주도하고 있다. 아침은 무엇을 먹어야 하는지, 오전 관광은 어디를 가면 좋을지, 어떤 물건을 사면 유용할지 사사건건 계획을 세우고 강요한다. 여느 여행지였다면, 여느 룸메이트였다면 나는 야반도주하듯 숙소를 박차고 도망쳐 나왔을 것이다. 그런데 그녀를 보면 볼수록 처음 여행을 떠났을 때의 내 모습이 보였다.

마음에 드는 누군가를 만나면 무언가 함께 하고 싶어 했던 그때의 나를 만나고 있다. 특히 혼자라는 것을 즐기기 전, 동반자 찾기에 혈안이 되었던 그 시절이 떠올랐다. 놀랍도록 예전의 나를 닮아 있는 그녀의 투정을 받아주고 싶었다. 같은 숙소에 머물던 이들이 귓속말로 충고해줄 지경에 이르다.

"각자 여행인데 그렇게까지 맞춰줄 필요 없어요. 그러다 금방 지치고 말죠."

한국에서 함께 출발한 사이인 줄 알았다는 말로 놀라움을 표현한다. 참을성 없고, 간섭받는 것은 몸서리칠 정도로 거부하던 내가 그녀의 응석을 죄다 받아주고 있다. 그녀의 마음을 쉽게 읽을 수 있는 것도 그녀에게서 나를 발견했기 때문이다. 갠지스 강에서부터 시작된 그녀와의 인연은 인도 여행 내내 이어졌다. 귀국 전날, 그녀가 내게 다가온다. 여행의 마무리를 지어야겠단다.

"그동안 나는 너에게 섭섭한 게 많았어. 헤어질 때 일일이 다 말해야 서로에 대한 감정이 없어지지 않겠어? 이렇게 서로의 문제점을 이야기해야 시간이 지나면 그리움만 남게 될 거야."

딴에는 잘해준다고 했음에도 불구하고 그녀는 섭섭한 게 많았던 모양이다. 그녀는 나에 대한 불만을 일일이 꺼내 든다. 그녀의 이야기에 귀 기울인다. 지금도 그녀를 향한 그리움은 분명 남아 있다. 그리고 예전에 그녀처럼 저지른 나의 실수에 대한 그리움도 남아 있다. 나의 실수를 받아준 세상처럼 나도 그녀에게 그런 세상이 되어주고 싶었다. 언젠가 그녀도 누군가의 세상이 되어 자신의 실수를 바라볼 수 있을 것이다. 홀로 떠난 첫 여행은 그런 것 아니겠는가? 육체는 떠났지만 정신은 한국에 남아서 벗어나지 못하는 것일 테지. 그나마 떠남을 시작했기 때문에 정신도 육체를 따라잡을 수 있다. 그렇게 시간이 지나면 육체는 남아 있으나 정신은 자유로운 그런 날이 올 것이다. 꼭 온다.

남의 손길로 정리한 방

몇 번인가 작업 공간을 옮겼지만 내가 직접 한 적은 없다. 포장 이사를 하더라도 관리 감독할 주인이 있어야 하는 것은 당연하다. 용돈을 두둑이 쥐여주고 지인을 섭외한다. 이삼일 정도 여행을 다녀오면 어느새 새로운 공간이 탄생한다. 어차피 짐들은 그대로지만 호기심을 지울 수 없다. 내게 익숙한 정돈이 아닌 정리자의 익숙함이 배어난다. 이럴 때면 술래잡기를 하듯 온갖 물건들을 조금씩 찾아본다. 가끔 친절한 지인은 메모를 남긴다. 어떤 관점으로 정리했는지, 어떤 코드를 가지고 진행했는지 간결하고 세밀한 그들의 손길을 느낄 수 있다. 그 속에서 지인의 철학이 읽힌다. 지인의 삶의 태도가 느껴진다. 지인의 마음과 손끝으로 정리된 짐들은 신선하기 그지없다. 나의 공간이지만 내 것이 아닌 것 같은 이 낯섦이 좋다.

흔히 집과 자동차의 크기는 줄이기 힘들다는 말이 있다. 공간을 늘리는 데 신중해야 한다는 말처럼 들린다. 신중해야 하는 건 맞지만 영원히 나의 것이라 믿는 것만큼 바보스러워 보이는 것도 없다. 줄이지 않기 위해 늘리지 않고, 늘려놓고는 줄여야 할까 봐 전전긍긍하는 것처럼 처량해 보이는 것도 없을 것이다. 집은 집이고 차량은 차량일 뿐이지만 그렇게 단순하지 않은 모양이다.

물론 나도 성인군자가 아니기 때문에 공간을 줄여야 할 경우가 생기면 조바심이 난다. 그럴 때면 지인에게 이사를 맡겨놓고는 열흘이고 한 달이고 여행을 떠난다. 돌아올 때 즈음이 되면 나를 받아줄 공간이 있다는 것만으로도 행복해진다. 아무리 판타스틱한 공간이라 해도 내 집만 한 곳은 없다.

그때 그 골목

딴, 짓 #030

김치 수제비를 젓가락으로 뜬다. 한입에 넣는다. 쫄깃쫄깃하다. 한 손에는 숟가락이 들려 있다. 얼큰한 국물을 마신다. 코끝이 찡하다. 눈이 시리다. 미간은 맥없이 처진다. 함께 먹던 수제비를 혼자 먹는다. 목 넘김이 힘들다. 칼국수와 수제비를 좋아하던 그와 헤어진 지 수십 년이 지났다. 다행히 단골 수제비집은 그대로다. 커플들 속에 홀로 앉아 붉은 국물 속에 감춰진 수제비를 건져낸다. 갑자기 터져 나온 눈물을 훔친다. 나를 엿보는 눈길이 느껴진다. 촌스럽도록 뜨거운 눈물이 한 방울 떨어진다. 촌스럽고 유치할수록 그리움은 더욱 깊어진다. 오늘은 홀로 수제비를 먹어도, 홀로 울어도 괜찮은 그런 날이다.

그는 가끔 나를 기다리곤 했다. 다투던 날에도, 연락이 닿지 않던 날에도 어김없이 그 골목에서 나를 기다리고 있었다.

"수정 씨."

기타를 치며 노래를 부르던 그의 목소리가 골목 안에서 울린다. 뒤를 돌아보면 그가 서 있다. 이미 예전의 그곳이 아님에도 불구하고 작업실로 돌아올 때면 주변을 둘러본다. 혹시 그가 나를 기다리고 있지는 않을까? 어찌어찌 작업실 주소를 알아내고는 몰래 나를 기다리고 있지 않을까? 말 한 번 걸지 못하고 뒤돌아선 건 아닐까? 그때 그 시절, 그 골목에는 주차된 차량이 거의 없어서 그가 나를 기다리고 있다는 것을 먼발치에서 알아챘다. 알아채고도 모른 척 스쳐 지나쳤다. 스쳐 지나치는 발걸음이 느려진다. 혹시나 그가 나를 알아채지 못할까 봐. 작고 낮은 음성으로 "수정 씨"라 불러주는 그 음색이 너무 좋아서 지나치면서도 불안하고 설렌다. 그때는 그랬다.

지금 작업실 주변에는 주차된 차량이 넘쳐난다. 오히려 흘깃흘깃 작업실 주변을 내가 두리번거린다. 만약 그가 나를 기다리고 있다면 어떻게 해야 할까? 만약 그와 눈이 마주친다면 어떤 표정을 지어야 할까? 만약 그가 나를 잊지 못하고 있다면 어떤 말을 건네야 할까? 그리워하고 만남을 상상하고 연습만 하다가 지나간 세월이 또 다시 수십 년이다. 이런 나를 그는 알고 있을까?

스쳐 지나치는 발걸음이 느려진다. 혹시나 그가 나를 알아채지 못할까 봐. 작고 낮은 음성으로 "수정 씨"라 불러주는 그 음색이 너무 좋아서 지나치면서도 불안하고 설렌다.

언젠가 찾아올 그를 위해 작업실 이전을 고민 중이다. 가로등 하나 외로이 있고 인적이 드문 골목을 찾는다. 그때 그 시절과 흡사한 골목을 뒤적인다. "수정 씨"라고 부르면 한걸음에 달려가 품에 안긴 그때 그 골목과 닮은 골목을, 나는 지금 찾고 있다.

딱 알맞은 정도의 무관심

딴, 짓 #031

아침 9시면 양재역 카페에 들른다. 그 날의 기분에 따라 자리를 바꾼다. 처음에는 다소곳이 인사를 건네던 직원들도 더는 형식적인 인사를 건네지 않는다. 어떤 날은 미소만을 건네고 어떤 날은 웃음으로 반긴다. 또 어떤 날은 인사도, 미소도, 웃음도 건네지 않는다. 손님은 손님이되, 친숙하고 익숙하고 배신하지 않을 것 같은 믿음이 생긴 사이라고 표현하면 어떨까? 아침이면 그녀들은 매장 청소를 한다. 그 속에 나도 있다. 나는 내가 정한 그 자리를 청소한다. 테이블을 닦고 의자를 정리한다. 처음엔 다가올 듯 말 듯 흘끗흘끗 바라보며 머뭇거리던 그녀들도 나를 말리지 않는다. 그녀들은 그녀들대로 나는 나대로 청소를 한다. 이렇게까지 하는 이유는 이렇게까지 작업실과는 다른 분위기를 만들어주는 카페도 없기 때문이다.

햇볕이 내리쬐는 공간과 조명이 내리쬐는 공간이 마음에 든다. 창가에 앉아서 바라보는 하늘의 깊이도 좋다. 적절한 테이블 배치 덕에 때론 옆 테이블의 속삭임에 귀 기울일 수 있고 때로는 어떤 소리도 들리지 않는다. 북 카페 붐에 발맞추어 책도 넉넉히 구비되어 있다. 궁금하던 신간들을 가끔 만날 수 있어 더없이 고맙다. 무엇보다 이 공간이 매력적인 이유는 주인이 직접 운영하지 않기 때문이다. 오랜 시간 앉아 있어도 눈치를 볼 필요가 없다. 커피 한 잔 값으로 그 공간을 차지한 나와 그 공간을 관리하는 그녀들이 알맞은 거리와 관계로 서로에게 '무관심'하다.

때로는 머뭇거리다 뒤돌아서고, 다그치다 지나쳐가는 미련의 시간을 보낸다. 필요 이상의 관심을 갖지 않는 법과 지나치게 무관심하지 않는 법을 이 공간에서 배운다. '떨어져서 바라볼 줄 앎'을 배운다.

계절이 네 번이나 바뀌고 알았다. 아르바이트생인 줄 알았던 그녀가 매장 주인이라는 사실을.

손님 리포트

팔짱을 끼고 손님을 맞이한다. 맞이하고 있기보다는 무언가를, 누군가를 감시하고 있다. 어서 오라는 종업원의 인사말이 어색할 만큼 식당 안은 긴장감마저 흐른다. 인사말을 받았기 때문에 그냥 자리에 앉았다. 물병과 잔이 나오기 전에 몇 번의 갈등이 있었다. 다른 식당으로 가는 건 어떨까? 맛만 좋으면 그만이다. 아니나 다를까. 칼국수 맛이 별로다. 싱싱하지 않은 재료가 입안에서 각자 돈다. 조화라고는 찾아볼 수 없는 맛이다. 먹으면 먹을수록 안타깝기만 하다. 만 원을 내고 3000원을 거슬러 받으며 망설였다. 충고를 하는 것이 나을까? 외면하는 것이 나을까? 분명한 건 이 식당을 다시는 찾지 않을 것이다. 팔짱을 끼고 출입구를 서성이며 손님을 맞이하는 태도와 칼국수 맛을 고객이 어떻게 평가하는지 전혀 눈치 못 채고 있는 현실이 안타까울 뿐이다.

하루가 지나고 이틀이 지났다. 식당 앞을 지나칠 때면 슬쩍 곁눈질로 안을 살핀다. 미간을 찌푸린 채 밖을 응시하고 있는 주인장이 보인다. 손님보다 종업원이 더 많다. 도저히 오지랖을 참을 수 없다. 장문의 편지를 쓴다. 맛 분석부터 손님들이 열광하는 유명 칼국수집까지 나열한다. 서비스에 관한 내용도 넣는다. 티 없이 깨끗한 종이에 인쇄한다. 인쇄물을 넣을 봉투를 찾는다. 아무리 뒤져도 봉투를 찾을 수 없다. 문구점에 가야겠다.

다음 날 문구점을 향하던 중 은행이 보인다. 현금 지급기에서 은행명이 찍힌 봉투를 꺼낸다. 편지를 곱게 접어 넣는다. 꽤 두툼하다. 봉투 입구가 쩍 벌어진다. 보기 흉하다. 은행 창구에서 풀을 빌려 봉투 입구를 봉한다. 풀칠을 하며 생각한다. 돈만큼 가치 있는 내용이길 바란다. 식당 문은 굳게 닫혀 있다. 영업 시작 전이다. 유리문 사이에 끼워둔다. 몇 걸음 떼다 다시 돌아갔다. 누가 봐도 돈 봉투다. 누군가가 가져갈 수도 있겠다는 생각에서다. 유리문 아래로 돈 봉투를 밀어 넣는다.

그날 오후 일부러 식당 앞을 지나간다. 팔짱 낀 주인은 카운터에 앉아 있다. 여전히 손님은 없다. 주인장의 표정을 살피기 위해 더욱 천천히 걷는다. 전날과 다름없이 어둡다. 변화를 읽을 길이 없다.

그렇게 몇 달이 흘렀다. 불길한 예감은 틀린 적이 없다. 그해를 넘기지 못하고 유리문은 굳게 잠겼다. 임대 현수막이 팽팽하게 매달려 매장을 거의 가리고 있다. 칼국수 집 전체를 휘감고 도는 현수막은 긴장 상태다. 조금 더 빨리 편지를 보냈으면 달라지지 않았을까? 이때부터 유명한 맛집을 찾기보다 이제 막 오픈한 식당을 먼저 찾기 시작했다. 바람에도 흔들림 없이 팽팽하게 묶인 '임대' 현수막을 한동안 응시한다.

108배

딴, 짓 #033

무릎 담요를 사각으로 접어 바닥에 정갈하게 내려놓는다. 108배를 한다. 염주가 없으니 전날 술을 마시고 긁은 카드 영수증을 꺼낸다. 한 번 절을 할 때마다 손끝으로 잘게 찢는다. 찢고 또 찢다 보면 마음도 가라앉는다. 땀으로 온몸은 젖고 얼굴은 붉게 상기된다. 두려움도 열정도 동시에 사라진다. 열정이 두려움을 만드는 데 일조했다. 이제는 굳이 108을 세지 않아도 온몸에 흐르는 땀으로 안다. 더는 영수증을 찢지 않는다. 어느새 차분한 평온이 찾아든다.

사유

딴, 짓 #034

먹을 간다. 붓을 정갈히 세우고 붓 끝에 먹물을 물들인다. 소나무를 세우고 국화를 그린다. 그리고 또 그린다. 왜 먹을 갈았는지 왜 붓을 세웠는지 왜 소나무를 그렸는지 사유하지 않고 그리고 또 그린다. 사유하지 않고 소유하려고만 드니 소나무는 투명 액자 속에서 제대로 숨조차 쉬지 못하고 있다. 사유가 없으니 침묵도 사라졌다. 사라진 침묵 사이로 거듭 사과해야 할 발언들만 쏟아낸다. 검디검은 먹만도 못한, 얇디얇은 붓만도 못한 한 인간의 발언이 그를 어지럽히고 주변을 힘겹게 한다. 대접받고자 한다면 침묵하고 사유하라.

붓을 정갈히 세우고 붓 끝에 먹물을 물들인다. 왜 먹을 갈았는지 왜 붓을 세웠는지, 왜 소나무를 그렸는지 사유하지 않고 그리고 또 그린다.

산딸기의 기억

딴, 짓 #035

외가댁에는 산딸기가 넘쳐났다. 산골에 흐드러지게 매달린 산딸기는 톡톡 따 먹는 그 맛이 일품이다. 그중에서 제일 달콤한 산딸기는 버려진 묘 근처에 자리를 차지한 놈이다. 갓 초등학교에 입학한 나는 산딸기 맛에 이끌려 버려진 묘를 찾는다. 물론 혼자는 아니다. 서울에서 놀러 온 여자아이를 따라 나선 시골 꼬마들은 산딸기를 따 주기에 여념이 없다. 묘 근처에서 딴 산딸기 맛을 알아버린 나는 재촉한다.

"버려진 묘 또 없어?"

무서워서 멀찌감치 서 있는 나를 위해 산딸기를 한 움큼 따서 달려온다. 그날 외숙모에게 혼이 났다. 어린 걸음으로 한 시간 넘게 산을 헤맨 것이 화근이었다. 묘 근처에는 절대 가지 말라는 외숙모의 당부가 이어졌다. 하지만 달콤한 산딸기 맛을 잊을 수가 없던 나는 또래에게 다시 제안한다.

"버려진 묘 또 없어?"

맛있는 산딸기를 먹기 위해 으스스한 묘로 향하는 발걸음에는 주저함이 없다. 그 용기를 잊고 산 지 오래다. 산딸기처럼 내게 자극을 주는 그 무엇인가를 만나면 아마도 그때 그 시절, 겁 없이 다가서던 나를 다시 끄집어낼 수 있을 것 같다.

"버려진 으스스한 묘 또 없어? 사람의 발길이 닿지 않은 곳 말이야."

세상이 젊어지고 있다

딴, 짓 #036

어느새 세상이 나보다 젊어지고 있다.

처음 충격은 '군인 아저씨'라는 호칭이었다. 군인은 아저씨다. 그런데 아저씨라고 하기엔 얼굴이 앳되다. 그들은 나라를 지키며 훈련에 여념이 없다. 나이의 많고 적음으로 보호받는 자와 보호하는 자를 나누는 것은 아니지만, 누군가를 보호해줘야 할 쪽은 내 쪽이 아닐까 싶다. 언제나 병사는 20대다.

두 번째 충격은 스포츠를 관람할 때다. 열 살 넘게 차이 나는 프로 선수를 향해 목이 터져라 응원가를 부른다. 훨씬 어린 나이인데 복장 때문인지, 피부 톤 때문인지 나보다 나이가 많을 거라 여긴다. 이겨달라고, 이겨서 함께 즐거워하자고 떼로 뭉쳐 응원한다. 조금이라도 실수를 할라치면 엄청난 비난을 쏟아붓는다. 프로 선수답게 여유롭게 집중하라 다그친다. 나보다 훨씬 어린 동생들에게 야유를 퍼붓는다. 프로 선수로 맹활약할 수 있는 연령대는 높아봐야 40대다. 격려와 위로를 해줘도 안쓰러운 나이 아니던가.

세 번째 충격은 정기검진을 위해 찾은 병원에서 만난 의사 때문이었다. 주름 한 줄이 보이지 않는다. 아무리 관리를 잘한다고 해도 낯빛이 투명하다 못해 세월의 흔적이 없다. 나보다 확실히 어리다. 스트레스받지 말고 편하게 삶을 즐겨보라는 말이 가슴속 깊이 와닿지 못한다. 특진이 아니고서는 젊은 의사가 대부분이다. 어느새 나는 세상보다 늙어가고 있다. 그것을 모르고 있었다.

눈 다래끼

딴, 짓 #037

이런 병에 요즘은 잘 걸리지 않는다는데, 덜 닦은 손으로 눈을 비빈 기억도 없는데 다래끼가 났다. 다들 다래끼라고 눈 마주치길 꺼린다. 어릴 때 기억이 난다. 다래끼가 나면 골목 어귀에 소담스럽게 작은 돌을 쌓고 속눈썹 하나를 뽑아 그 위에 올려놓는다. 그리고 숨어서 지켜보기. 돌을 발로 차는 사람이 나의 눈병을 가져간다고 굳게 믿었다. 친한 친구들에게는 속눈썹을 놓아둔 위치를 미리 말해두었다. 같이 숨어서 지켜보던 기억. 그때도 내가 아는 사람들이 골목 어귀에 나타나면 마구 달려 나가서는 소리를 질렀다. 발로 차지 말라고. 혹시나 나의 다래끼가 친구들에게 옮아갈까 두려움에 숨어서 지켜봐야 했다.

좁은 골목에는 아는 이들만 주로 지나친다. 덕분에 그다음 날에도 돌은 그대로 쌓여 있었다. 그렇게 나는 길고 긴 시간 동안 다래끼 때문에 눈곱이 낀 눈으로 골목에서 서성여야 했다. 누군가 발로 차고 나면 냉큼 골목에서 달려 나와 그의 발걸음을 뒤따른다. 그러다 발걸음을 재촉해서 앞지른다. 흘깃 그를 쳐다본다. 나의 고통을 가져갈 사람이다.

집으로 돌아와 생각에 빠져든다. 그의 얼굴이 아른거릴수록 미안함은 점점 커져갔다. 아예 얼굴을 마주 대하지 말 걸 그랬다는 자책이 이어진다. 그 뒤로는 특별히 기억에 남는 눈 다래끼 사건은 없었다. 다만 미안한 일은 될 수 있으면 해서는 안 된다는 것, 그리고 혹시라도 실수를 저지르면 얼굴을 마주하고 미안함을 표현해야 한다는 강박증이 생겼다.

마음 길

딴, 짓 #038

부채를 선물받았다. 직접 만들었다는 부채에는 한가득 그림이 그려져 있다. 붓길 가는 대로 그렸을 법한데 영 어색하다. 검은 붓놀림은 부채를 이기고 있다. 꽉 들어차서는 여백이라고는 찾아볼 수 없는 답답함. 붓 길은 곧 마음 길이다. 선물은 고맙지만 속내를 엿본 것 같아 마음이 답답하다. 속내를 알아채달라는 건가? 한참을 들었다 놓기를 반복하다가 구석에 둔다. 부채가 가볍지 않다. 부채질도 가볍지 않다. 그녀의 어두운 이미지가 뇌리를 떠나지 않는다. 사람의 마음을 쉽게 꿰뚫어 볼 줄 안다는 그녀는 상대의 말을 그대로 받아들이지 않고 두세 수를 건너뛰기 일쑤다. 넘겨짚음. 붓놀림은 자신이다. 마음이다. 여백이 보이지 않는 그림처럼 그녀의 마음도 어지럽다. 필시 넘겨짚으려니 어지럽고 복잡한 것이다.

나의 본질

딴, 짓#039

저녁 11시가 다 되어가는 시간. 갑자기 속이 뜨겁다. 저녁으로 먹은 음식물은 거의 소화가 다 될 시점이다. 푹 꺼진 소파에 기대어 리모컨으로 텔레비전 채널을 돌리고 있었다. 텔레비전은 공간 전체를 다 짓누를 만큼 큰 걸 택했다. 마치 나와 함께 공간을 나눠 쓰고 있다는 느낌이 들 정도로 텔레비전 화면 가득 이리 뛰고 저리 뛰어다니는 사람들. 그들을 의식하지 않은 채 책꽂이에서 책을 고를 때 기분이 신선하다. 소파 위에 흩어진 책들 옆에 누웠다. 이미지를 찾아 채널을 돌린다. 검열관이 된 듯 채널을 돌린다.

그런데 그 순간, 뜨겁다. 낮에는 여전히 덥지만 밤에는 서늘한데도 뜨겁다. 걸치고 있던 카디건을 벗는다. 창문을 활짝 연다. 그럼에도 불구하고 점점 뜨거워진다. 얼음물을 마신다. 소파에 앉아 생각에 잠긴다. 왜 이럴까? 감기 기운이 있는 것도 아니고 소화불량은 더더욱 아니다. 이유를 더듬는다. 잠시 사라졌던 그놈이 찾아온 것이다.

급히 운동화를 신고 밖으로 뛰쳐나간다. 무작정 걷는다. 일요일 저녁 11시. 도시는 한산하다. 속이 훤히 들여다보이는 버스만 도로를 활개 친다. 버스 정류장에서 멈춰 서려다 떠난다. 버스를 타려는 승객도, 내리는 승객도 없다. 버스는 텅 비었다. 건널목에도 신호를 기다리는 사람이 없다. 쇼윈도도 어둡다. 텅 빈 공간. 뛰쳐나올 때와는 달리 재촉하던 걸음이 느려진다. 하지만 여전히 뜨겁다.

떡볶이 집에 불이 켜져 있다. 발걸음을 멈춘다. 주인과 눈이 마주친다. 1인분 값에 남은 떡볶이를 다 준단다. 시간은 11시 반을 넘어섰다. 더는 찾아올 손님도 없겠다. 떡볶이가 담겨 있는 커다란 프라이팬을 물끄러미 들여다본다. 온통 붉다. 어느새 내 손에는 떡볶이가 들려 있다.

작업실로 돌아와 다시 소파에 눕는다. 떡볶이를 냉동실에 그대로 넣는다. 먹고 싶을 때 전자레인지에 넣고 돌리면 매운맛이 그대로 뜨겁게 살아난다. 나한테 온 이상, 냉동실과 전자레인지를 오갈 것이다.

어느새 불쑥 나타났던 그놈이 자취를 감췄다.

다시 평온한 밤이다.

어느새 불쑥 나타났던 그놈이 자취를 감췄다.
다시 평온한 밤이다.

오라aura

딴, 짓 #040

호기심이 생기면 질릴 때까지 곁에 둬야 한다. 그것이 물질이면 내가 원하는 만큼 분해하고 파헤치고 재조립하고 또 뒤집는다. 대상이 사람이면 성큼성큼 다가선다. 어떤 사람에게 호기심이 생기느냐는 질문을 받는다. 물론 아무에게나 무턱대고 호기심이 발생하지는 않는다. 자문한 적이 있다. 왜 그 사람에게 강한 호기심을 느꼈느냐는 물음 앞에 '그냥'이라는 간결한 답변만이 떠올랐다. '그냥'을 다시 파헤친다. 이유 없이 호기심이 생겼다는 이야기다. 하지만 단언컨대 그럴 리 없다. 끌린 이유가 있다. 정확히 한마디로 축약할 수 없을 뿐이지 분명 이유가 있기 마련이다. 긴 고민 끝에 명쾌한 단어를 찾았다. 오라aura다.

그 사람만의 오라를 보면 빠져들고 만다. 유일한 그만의 분위기, 즉 그에게서 뿜어져 나오는 향기다. 향기가 시각을 자극한다. 청각을 자극하는 스토리도 내재되어 있다. 촉각을 유발하는 매력까지 품게 만든다. 그들의 오라는 나의 판타지와 뒤섞인다.

홀로 떠난 실크로드 패키지여행에서 만난 어르신 부부가 있다. 손자를 본 일흔이 다 된 어르신이다. 댁으로 찾아간 것도 여행에서 어르신이 내게 베푼 친절 때문이 아니라 한 인간에 대한 호기심 때문이다. 나이를 무기 삼지 않고 배움에 뒤처짐이 없으며 강인한 정신으로 대장암을 극복하신 스토리는 밤새 술잔을 기울여도 부족했다. 유머를 잃지 않는 노련함에서 오라는 더 크게 발한다. 호기심은 학력과 나이, 직업에 영향을 받지 않는다. 단 한 줄이라도 교감을 나눌 수 있다면 그것이 곧 나의 호기심을 끌어내기에 충분하다. 빠져들 수밖에 없는 환상적인 오라다.

"외모를 따지지 않나 봐?"

배낭여행에서 만난 언니가 내게 한 말이다. 그 말에 주변을 둘러봤다. 그러고 보니 외모 때문에 사람에게 끌린 적은 없었던 것 같다. 내게 던진 대화나 그들의 손짓, 걸음걸이, 여행 태도에 끌린다.

쌍꺼풀이 있는 눈보다는 선명한 눈동자나 눈매에 더 이끌린다. 오뚝한 콧날보다는 동그스름한 콧방울에 이끌린다. 위아래의 굵기가 다른 입술에 이끌린다. 마른 체형보다는 살짝 아랫배가 나온 이들에게 더 끌린다. 따지고 보면 외모를 따지지 않는 것은 아닌 셈이다. 단 그것들을 조합하고 보면 썩 잘생긴 외모는 아닐 수도 있다. 철학이 뚜렷하면 확신에 찬 발언들이 쏟아져 나온다. 눈동자와 눈매는 이럴 때 강해진다. 동그스름한 콧방울은 그런 와중에도 겸손함을 잃지 않게 만든다. 언밸런스한 입술은 시선을 사로잡는다. 눈과 코에서 이성을 엿본다면 입술은 감성을 자극한다. 결국 타고난 생김새를 따지고 있다는 결론을 내릴 수박에 없지만 삶의 태도에 따라 분명 외모도 변한다. 호기심이 발동한다. 경험치가 호기심을 안겨준다.

과연 나란 존재는 충분히 호기심을 풍기고 있는가? 충분히 매력적인가? 거울을 들여다본다. 그곳에 호기심 어린 눈빛으로 세상을 바라보고 있는 내가 있다.

감, 떫은

딴, 짓 #041

"가끔 생각하지……. 아. 이럴 땐 매일 생각한다고 해야 하는 건데……. 거짓말을 못 하겠네."

아슬아슬하게 맺힌 이슬처럼 예민하게 굴던 감정이 감나무에 옹골차게 매달린 감처럼 뻔해져버렸다. 진녹색 감은 아예 입에 댈 엄두를 내지 않지만 주홍색으로 변하면 욕심이 생긴다. 하나를 따서 한입 베어 물면 입안이 떫다. 빛깔에 속았다. 퉤퉤. 몇 번이고 뱉어내도 떫음이 가시질 않는다. 탐스럽게 익어 보이지만 아직 덜 영글었다. 지금 하고 있는 내 사랑이 이렇다. 한입 베어 물자마자 내뱉어야 하는 떫은 감이다.

결코 머릿속을 떠나지 않는 그리움에 오늘도 생채기가 났다. 그래야만 한다. 둔해지고 무뎌져야 한다.

생명을 가진 사람

딴, 짓 #042

이별 없는 연인을 한 명쯤은, 내가 바라는 작업실 하나쯤은, 내가 하고 싶은 일 하나쯤은. 한 명쯤은 곁에 둬도, 하나쯤은 가져도, 하나쯤은 해봐도 될 텐데 그 하나를 해보지 못하고 머뭇거리고 있다.

그러다 10년이 가고 20년이 지나간다.

"인생 별거 없어."

주름잡던 인생만큼이나 주름으로 뒤덮인 입가에서 짧은 심호흡과 함께 내뱉은 말이 공간을 꽉 채우고도 남는다. 열등감과 질투가 뒤섞인 감정을 감추기 위한 노인네의 신세 한탄쯤으로 여기던 시절이 있다. 꿈을 이룬 누군가를 부러워하며 질투 어린 속내를 감추고 내뱉는 말이라 흘려보낸 적도 있다.

다소 부정적으로 들리던 그 말이 이제야 조금 들리기 시작한다.

인생 다 산 노인네들이나 하는 말이라 치부하기엔 그 깊이가 헤아릴 수 없이 깊다. 돈이 많은 너나 돈이 없는 나나, 꿈을 이룬 너나 못다 이룬 꿈을 가슴에 품은 나나 죽음을 목전에 둔 이들 앞에서는 의미가 없더란 이야기인데, 이것은 지극히 표면적인 해석이었다. 그 내공을 읽어내기가 만만치 않았다.

"인생 별거 없어."

빈 공간에서 혼잣말로 되뇐다. 그렇다. 인생 별거 없다. 이별 없이 평생을 함께할 연인 한 명쯤, 혼자만의 시간을 누릴 수 있는 작업실 하나쯤, 돈벌이에 연연하지 않아도 되는 하고 싶은 일 하나쯤. 참 어려운 그 '쯤'으로 별거 없는 인생의 깊이를 느껴볼 참이다.

창작이 필요한 직업은

딴, 짓 #043

무대에서 한 여인이 울먹인다. 이제 막 이별한 그녀가 이별 노래를 부른다. 살짝 웃음을 내비치지만 이건 우는 자신이 머쓱해서다. 자꾸 치밀어 오르는 이별의 기억 때문에 그녀가 노래를 멈춘다. 그리고 또 울다가 웃는다. 그녀를 바라보는 우리도 눈물을 머금는다. 우리는 그녀의 이별을 원하지만 그녀는 사랑을 원한다. 그녀의 노래에 찬사가 뒤따른다. 잔인하지만 우리는 그녀의 사랑과 이별이 절절할수록 더욱 빠져든다. 참으로 잔인하지만 창작이 필요한 직업은 굴곡 있는 삶을 두려워하거나 회피할

수 없다. 그래서 내가 원하는 삶은 어느새 변해간다. 더욱 상처 깊은 사랑과 끔찍한 이별을 찾아야 하는 삶이다.

한계를 흩뜨리다

딴, 짓 #044

정리하는 습관 때문에 일에 집중이 안 될 때가 많다. 학창 시절에는 참고서를 쌓아놓고 공부하기 일쑤였는데 습관이 변했다. 발전이나 퇴보라고 말하기는 힘들다. 학생은 공부를 잘해야 하고 작가는 글을 잘 써야 훌륭하다는 평가를 받는다. 단, 그 나머지는 논외다. 서재 책상 위도 하루에 서너 번은 닦는다. 견딜 만한 추위에는 창문을 닫지 않는다. 카페에서도 마찬가지다. 커피 잔의 위치와 빵의 위치, 스마트폰, 그리고 알맞은 두께의 책으로 같은 분위기를 연출한다. 아주 드문 경우지만 정리 정돈에 시간을 쏟다가 끝내 원고 한 줄 못 쓴 기억도 있다. 이런 정리된 분위기가 상상력에 한계를 줄 수 있다. 그래서 흐트러짐을 경험하기 위해 매번 배낭 하나 메고 떠난다.

울릉도의 첫인상

배를 탄 경험은 이미 있었다. 제주도에 갈 때였는데 거의 흔들림을 느낄 수 없을 정도로 잔잔했다. 울릉도 여행을 계획하면서 뱃멀미에 대한 걱정을 굳이 하지 않은 것도 이 때문이었다. 그런데 오산이었다. 심한 뱃멀미로 울릉도에 내리자마자 아스팔트 위에 누웠다. 멀미약을 먹지 않은 것이 불찰이었다. 네 시간 넘게 울렁대던 배에서 내려 육지에 두 발을 딛고 섰는데도 여전히 울렁인다. 서 있을 수도 걸을 수도 없는 상황이다. 다짜고짜 눕는다. 아스팔트 바닥에 누워 있던 내 곁으로 누군가의 발걸음이 다가온다.

"방 있어요."

처음엔 질문으로 들었다. 뜨거운 햇볕 때문이었는지, 꽃을 꽂고 정신을 햇볕에 내맡긴 자유로운 영혼이 건네는 말씀으로 생각했다.

초점을 맞출 수조차 없이 구름 한 점 없는 파란 하늘에 시선을 둘 곳이 생겼다. 넉넉한 풍채의 아주머니다. 빈방을 싸게 줄 테니 가서 누우란다. 아스팔트에 두 다리 쭉 펴고 누운 모습에 당황하지 않고 말을 건다. 흔한 일인 모양이다. 나는 다시 두 눈을 지그시 감는다. 다 토해내고 난 뒤에도 끊임없이 밀려드는 헛구역질로 말을 잇지 못하던 입을 뗀다.

"깎아주세요."

가격을 말하지도 않은 아주머니에게 여러 번 오갈 대화를 줄인 셈이다. 아주머니가 박장대소한다. 아주머니는 쭈그리고 앉더니 내 팔을 잡아 일으켜 세운다. 아주머니를 의지해 걷는다. 만 원을 할인해줬다는 말을 믿는 둥 마는 둥 헛구역질을 계속한다. 다음 날 알았다. 여느 민박보다 만 원 싸게 방을 얻었다. 반나절을 꼼짝 않고 누워 있는 내게, 방문을 살짝 열고 콩나물국을 쓱 밀어 넣는다.

"아침에 끓인 국인데 먹어봐. 빈속이라 더 그래. 멀미약 없이 배를 탈 생각을 어찌했을까? 뭍으로 나갈 때는 터미널에서 멀미약을 사서 배 타기 전에 먹어, 30분 전에. 그거 먹으면 바로 졸음이 와. 자고 일어나면 육지일 거야. 그거 돈 얼마 안 해."

울릉도의 첫 이미지는 이랬다. 여행 내내 울릉도는 이랬다.

충분하다

딴, 짓 #046

이동할 때마다 짐을 꾸린다. 여행을 떠나기 전 곱게 접은 옷들은 물갈이와 햇볕 갈이를 거치면서 흐늘거린다. 축축 처지기 시작한 티셔츠는 보기 좋게 앞가슴이 파인다. 그럴수록 나의 긴장감도 느슨해진다. 젊어진 배낭 무게는 줄어들 생각이 없다. 분명 짐은 줄어들고 있는데 덩달아 몸무게도 줄어든다. 여전히 배낭은 무겁기 짝이 없다. 꼿꼿이 세우던 허리는 구부정해지고 힘의 원천은 뒷목이 되어버렸다. 쇼윈도에 비친 모습을 보고 멈춰 섰다. 가고자 하는 의욕은 충분한데 무거운 배낭에 짓눌린 몸은 의욕을 겨우 따르고 있다. 마지못해 끌려가고 있다. 꼭 가야만 하는 이유도 없는데 새로운 지역을 점령하려는 전사가 되었다. 가던 길을 멈춰 다시 돌아간다.

십여 분 전에, 다시는 돌아가지 않을 듯 냉정하게 한 체크아웃은 다시 체크인으로 바뀐다. 떠나기 전 세운 일정표를 곱게 접어 배낭 깊숙이 넣어둔다. 기다리는 이도 없는데 날짜 별로 이동 거리를 정하고 목적지를 정해서는 안달이 나 있다. 왜 이렇게 조급하게 살고 있을까? 이왕 떠나온 여행인데 충분히 돌아다녀야 한다는 어리석음이 자꾸 나를 재촉한다. 나를 설득해야 했다. 떠나온 것만으로도 충분하다고.

카페 낙타사막

딴, 짓 #047

인천 차이나타운을 걷다가 커피 한 잔이 생각났다. 아무 데나 들어가고 싶지 않았다. 공원을 오르던 계단에 살짝 숨어 있는 카페 발견. 낙타사막. 무릎까지도 채 올라오지 않는 입간판이 수줍게 서 있다. 카페 안으로 들어서자 주인도 수줍은 미소를 건네며 반긴다. 2층으로 이어진 계단이 보인다. 커피를 주문하고 2층으로 향한다. 신발을 벗고 들어선다. 어린 시절, 홀로 사색에 잠기던 다락방이 떠올랐다. 혼잣말로 소꿉놀이를 하던 다락방과 닮았다. 테이블에 앉는다.

먼저 온 손님들의 수다가 한창이다. 공간을 공유해야 하는 상황이 벌어지자 목소리가 잦아든다. 속삭인다. 구석으로 가서 벽에 등을 기대고 앉는다. 낮고 긴 책장에 책이 흩어져 있다. 순서도 정리도 없다. 주문한 커피를 기다리다 책들을 훑었다. 낯익은 책도 보이고 읽고 싶어 했던 책도 눈에 띈다. 주문한 커피를 들고 주인이 올라온다. 커피 한 잔과 크래커 한 조각. 주문하지 않은 크래커에 하얀 크림치즈가 발려 있다. 다소곳이 테이블에 내려놓고 주인은 사라진다.

크래커를 건넨 손길은 마치 카페를 찾았는데 책을 만나는 행운과 닮았다. 커피 향을 맡는다. 진하다. 한 모금 머금는다. 진하고 구수하다. 달콤하고 고소한 크래커를 한입 베어 물었다. 커피 향이 더욱 진하고 구수해진다. 책을 펼쳐 든다. 옆 테이블 수다는 더욱더 작은 속삭임으로 변한다. 작은 창으로 바닷바람이 불어온다. 에어컨을 틀지 않은 이유를 알겠다. 다리를 쭉 뻗는다. 흩어진 책꽂이가 눈에 아른거린다. 한창 원고 작업을 할 때면 책상 위에 관련 서적들이 나뒹군다. 동선마다 책들이 쌓여 있다. 커피나 주스를 마실 때마다, 때론 간식을 먹을 때마다 달라지는 동선에 따라 봐야 할 서적들을 쌓아 놓는다. 그러다 눈에 거슬리면 한꺼번에 정리한다.

옆 테이블의 손님들이 조심스럽게 대화를 나눈다. 나에게서 나오지 않는 소음 탓이리라. 명상을 하는 것도 아니고 책을 탐독하는 것도 아닌데 잦아든 대화 소리에 오히려 내가 미안하다. 흩어진 책장으로 향한다. 책 정리를 시작한다. 일부는 세워서 꽂고 일부는 제목이 보이게 눕힌다. 커피를 마시러 오는 이들의 공동 공간을 마치 내 작업실처럼 정리한다. 정리를 끝내고 나니 커피는 식어버렸다. 2층 다락방에서 고개를 내밀고 한 잔 더 주문한다. 커피와 크래커를 들고 올라온 주인의 시선이 책꽂이를 향한다. 그리고 나를 바라본다.

"이번 커피는 보답이에요."

그녀의 다락방에 와서 허락 없이 내 방식대로 정리하고는 그녀의 커피를 얻어 마시고 있다.

무의식이 건네는 메시지

민감한 건지 예민한 건지 아니면 육감이 발달한 건지 어색하고 찜찜하면 어김없이 꿈을 꾸며 잠을 설친다. 어둡고 답답한 악몽에 시달린다. 예지몽까지는 아니지만 무언가 나의 무의식이 건네는 메시지일까?

북한산 중턱에 자리 잡은 작업실을 소개받았다. 얼마 안 되는 전세금이니 들어와 살아달라고 했다. 자녀의 교육 때문에 외국으로 이민을 떠나는 주인은 가전제품과 장식장까지 떠안길 바라는 눈치다. 집에 흔적과 체취가 남아 있길 바라는 마음을 안다. 자녀 교육을 위해 이민을 선택했지만 되돌아올 계획을 안고 있다.

작업실을 방문한 첫날, 공간은 놀라울 만큼 아름답게 가꿔져 있다. 앞뜰과 산이 맞물려 있어 이른 새벽 잠옷을 입은 채로 커피 한 잔을 들고 산길을 밟으며 산책을 나섰다는 경험담은 환상적이다.

앞뜰과 맞닿은 산길은 외부인이 접근할 수 없는 숲으로 우거져 있다. 잠옷을 입고 눈을 비비며 커피를 들고 거닐 상상을 해본다. 작가에게만 공간을 내어준다는 소문을 듣고 온 나에게 주인이 오히려 적극성을 띤다. 공간을 사이에 두고 서로의 마음이 오간다.

"마음에 들어 하는 것 같아 다행입니다. 2년이고 3년이고 작가님이 머물고 싶을 때까지 빌려드릴 수 있어요. 지금 바로 결정하세요. 바로 들어오셔도 됩니다. 내일 확인 전화 한 통만 더 주세요."

되돌아 나오는 골목에서 연신 뒤를 돌아봤다. 쉽게 좋아하고 쉽게 싫증을 내지만 아무리 봐도 좋다. 도심 속에서 이런 삶을 누릴 수 있다니 이 얼마나 행운이란 말인가? 달력을 훑는다. 이번 주라도 가야겠다는 결심으로 잠을 이루지 못했다.

그런데 그날 밤, 나는 악몽에 시달렸다. 어둡고 답답한 그림자 때문에 호흡이 쉽지 않다. 끝이 보이지 않는 어둠 속에서 형체를 알 수 없는 검은 그림자가 나를 감싼다. 새벽녘에 깨서는 한동안 생각에 잠겼다. 왜 이런 꿈을 꾸었을까? 갑자기 떠오르는 이미지 하나. 새로운 작업 공간이다. 침착함을 잃지 않으려 애쓴다. 피곤한 탓이라며 위안 삼는다. 뒤숭숭한 꿈자리가 마음에 걸렸지만 괜한 걱정이라며 무시했다. 무시할 수밖에 없지 않은가? 작업실을 옮기겠다는 결심이 흔들리지 않았다면 거짓말이겠지만 산과 맞닿아 있는 앞뜰, 자연과 경계가 없는 공간에 대한 욕심에는 변화가 없었다. 마른 침을 삼키며 빈속에 커피를 마신다. 들뜬 상태로 몰아간다. 결심에는 흔들림이 없음을 다시 확인한다. 어느새 악몽에 대한 기억은 극복해야 할 과제로 돌변해 있다. 예민하게 '촉'이 발달한 것이 아니라 촌스러운 '촉'이다. 퇴화되어야 할 육감이다.

'누가 이기나 해볼까?'

이른 아침, 전화 한 통 달라던 주인과의 약속을 지키기 위해 전화를 걸었다. 목소리 톤을 높여 인사를 건넨다. 그런데 예상 밖이다. 전날과는 달리 주인의 목소리가 그리 밝지 않다. 아뿔싸. 주인의 친정어머니가 작업실을 팔았다는 것이다. 전날 나와 헤어진 뒤, 부동산 업자와 낯모르는 이가 와서는 단박에 계약을 해버렸다고 했다. 어린 시절부터 추억이 깃든 곳이기 때문에 처분할 생각은 전혀 없다던 주인은 당혹스러움을 감추지 못하고 있다. 급기야 친정어머니를 이해할 수 없다는 말까지 쏟아낸다. 자녀의 교육 때문에 이민을 감행하게 되었지만 몇 년 후에는 다시 귀국해서 머물 공간이었다며 난감해한다. 미안하다는 말이 귓가를 맴돈다. 서너 번이나 반복한다. 괜찮다는 대답도 서너 번이나 했다. 신기하게도 한편으로는 다행이라는 생각이 들었다. 악몽을 무시하지 못하고 있었다. 그리고 이날부터 어디가 될지 모르겠지만 지금의 공간에서 벗어나고 싶다는 생각이 구체적이고 현실적으로 다가왔다. 첫사랑을 만나듯 한눈에 반하는 그런 공간이면 좋겠다는 간절함도 생겼다. 커피 한 잔을 마시며 산책을 즐기는 그 짧은 시간일지라도 소중한 공간에서 보낼 수 있다면 더없이 좋겠다는 상상까지 하고 만다. 그렇게 일주일이 채 지나지 않아 낯설지 않은 전화번호로 벨이 울린다. 그녀에게 다시 연락이 왔다.

"작가님, 다시 우리 집을 맡아주시면 안 될까요? 계약이 파기되었어요."

이유를 묻자 얼버무린다. 이유를 정직하게 듣고 싶었던 것은 아니었다. 계약을 파기했다는 말을 듣자마자 불쑥 나온 질문이었을 뿐이다. 그런데도 얼버무린다. 원래대로 내가 들어오길 간절히 바라고 있다. 순간 주춤했다. 그리고 나도 얼버무렸다. 이미 지나쳐버린 인연 아니던가? 되돌릴 수 있지만 저버린 마음에 선뜻 대답이 나오지 않는다. 막상 다시 들어와달라는 그녀의 전화를 받고 나니 못내 아쉬워했던 그 마음마저 사라져버렸다. 재차 그녀가 재촉한다. 잠시 뜸을 들인 후, 말을 받았다.

"저와는 인연이 아닌가 봅니다. 그곳이 더 좋은 분을 원했던 거 같아요. 더 좋은 인연이 찾아올 겁니다."

'좋은'이란 단어를 계속 사용했다. 내 마음을 본다. 내가 저버리는 것보다는 내가 버림을 당하는 편이 낫다는 나의 철학이 강하게 배어들었다. 누군가에게 상처를 주고는 몇 년을 마음고생 했던 기억이 있다. 그 뒤로는 버림을 받는 분위기를 연출해서 상대를 행위의 주체자로 만들곤 한다. 악몽이라는 명확히 댈 수 없는 이유 앞에 그녀에게 무어라 말할 그럴싸한 핑계를 찾지 못했다. 다행이다. 공간이 나를 빗겨갔다. 머뭇거리며 주춤하던 나를 스쳐 지나갔다. 애써 불안함을 외면하고 때론 오기마저 들먹이며 공간을 대하면 안 되는 것이었다. 촌스러운 육감은 가끔 나로 하여금 나답지 않은 선택을 하게 하고 그 선택이 운명이었음을 말해준다.

열 살 난 외국 여자아이, 그리고 그의 가족들과 연상 게임을 한 적이 있다. 단어를 듣는 순간, 연상되는 단어를 연이어 말하는 것이다. 예를 들면 ‘자전거’를 상대가 말하면 떠오른 단어, ‘헬멧’을 말하고 그다음 사람은 ‘점핑’. 헬멧이란 단어에서 ‘크레용팝’이란 그룹을 떠올렸고 히트곡 〈빠빠빠〉에서 ‘점핑’을 말한 것이다. 연상 게임 도중 ‘코리아’가 나오자 내 이름 ‘수정’이 거론되었다. 잠시 머뭇거리던 꼬마 숙녀가 배시시 웃으며 꺼낸 한마디.

“언익스펙티드unexpected.”

조금 더 멀리, 천천히

part 2

딴, 짓

미처 몰랐던 세상

딴, 짓 #049

늘 다니던 여행길, 늘 들르던 아지트. 생경하다. 익숙하지만 미처 몰랐던 세상. 이런 깨달음은 걷기를 즐기기 시작하면서이지 싶다.

아마도 어렴풋이

딴, 짓 #050

한남대교를 걷는다. 남산을 등지고 걷는다. 불과 몇 분 전만 해도 퇴근길 만원 버스에 타고 있었다. 남산 터널에 들어선 버스는 속도를 내지 못한다. 터널 안의 불빛과 버스의 불빛, 그리고 차량에서 비추는 불빛들로 터널 안은 어둡지 않다. 그런데도 터널을 빠져나오자 깊은 한숨을 내쉰다.

정류장에 들어선다. 한참을 더 가야 하는데 내리는 이들에 떠밀렸다. 언제나 그렇듯 다시 버스에 올라타면 그만이다. 지극히 짧은 그 찰나에, 버스에 올라타고 싶지 않았다. 머뭇거리는 사이에도 충분히 버스에 탈 수 있었다. 그런데 그렇게 하지 않았다. 버스에서 내리는 이들과 타기 위해 모여든 사람들 틈에서 벗어났다. 내린 만큼 승객을 태우고 버스는 떠났다. 봄의 끝자락, 이날부터 나의 딴짓은 시작된 것 같다. 아마도.

한남대교를 처음 걷는다. 한강 위를 처음 걷는다. 앞선 보행자는 없다. 뒤를 돌아본다. 대교에 올라서지 않은 보행자들이 눈에 띈다. 저들이 한남대교를 걷는 보행자가 될지는 아직 모른다. 건너편 인도에도 보행자는 없다. 차들은 그리 빠르지 않은 속도로 내달린다. 내가 앞설 수 있을 정도로 천천히 지나가는 차량이 감지되면 걸음은 더욱 빨라진다. 따라잡고 싶은 충동을 억제하지 못한다. 그러다 문득 머릿속을 스친다. 왜 속도에 민감해져버린 것일까? 걸음을 멈추고 나를 바라본다. 그리고 추억을 더듬는다. 도심을 가로지르는 강을 건너는 일이 정말 처음이었던가? 십여 년 전 파리를 관광하던 그날로 돌아간다. 센 강의 강폭을 마주 대하고는 호흡이 잦아들었다. 한강에만 익숙했던 감각기관이 움츠러들었다. 아름다운 강의 대명사였던 센 강을 그 자체로 바라보지 못하고 익숙한 한강과 그 크기만을 비교하고 있었다.

한남대교를 한 발 한 발 내딛으며 시원한 강바람에 온몸을 맡긴다. 차량에서 들려오는 기계음과 차량 바퀴와 맞닿은 아스팔트의 둔탁한 소리가 전부다. 문명의 소리. 발걸음 소리도 들리지 않는다. 깊은 심호흡으로 걸음의 속도를 느낀다. 한남대교를 다 건널 즈음 뒤를 돌아본다. 여전히 보행자는 없다. 한남대교를 다 건너고 나서도 걸음을 멈추지 않았다. 대여섯 정류장만 더 지나면 목적지다. 온종일 회의와 미팅으로 시달렸던 시간들이 아득해진다. 마음을 짓누르던 일들도 아득해진다. 어렴풋이나마 걸어야 할 이유를 감지한 순간이다.

원초적 본능

딴, 짓 #051

옴짝달싹할 수 없이 꽉 찬 지하철. 뒷덜미로 느껴지는 낯선 호흡이 싫어 온몸을 움츠린다. 이렇게 스무 정거장을 더 가야 한다. 사람들이 우르르 쏟아져 내릴 환승역을 기다려보지만 오히려 더 많은 숫자의 호흡이 밀어닥친다. 등줄기에 땀이 흘러내리기 시작하고 견딜 수 없을 만큼 지쳐갈 때 목적지에 도착한다.

성격 좋은 사람으로 평가받고 싶지 않은 사람이 있을까? 그런데 시간이 지날수록 좋은 성격은 만만함으로 변질되어 있다. 감각은 뒤떨어지고 고집만 남은 동료가 내놓는 의견을 듣고만 있던 여느 날과 달리, 참을 수 없는 반발심이 불쑥 튀어나왔다. 한 호흡만 더 참았으면 별일 없이 지나갔을 일이었다. 그런데 속내를 드러내고 만다. 이마와 콧잔등에 땀이 맺힌다.

지난밤에 과음한 탓이리라. 절제하지 못하고, 속으로 삭이지 못하고 내뱉은 한마디는 과음 때문일 것이다. 얼큰한 국물로 해장하고 정신을 가다듬어야 한다. 빵빵한 에어컨 바람을 넘어선 얼큰함 때문에 땀이 흐른다. 옆구리가 살짝 간지럽다. 한 줄로 흘러내린 땀방울이 허리춤에 맺힌다.

오후 내내 마음이 편치 않다. 오해였다고, 그런 뜻이 아니었다고 말을 건네고 싶지만 여의치 않다. 퇴근 시간만을 기다린다. 동료와 마찰은 피하리라 다짐한다. 반대 의견을 내지 않으리라 굳게 결심한다. 무조건 동조하고 때로는 의견 없는 척, 순한 척해야 한다. 한 귀로 듣고 한 귀로 흘려버릴 것이다.

퇴근 시간이 지나자 하나둘 공간을 빠져나간다. 주섬주섬 책상을 정리하고 뒤따라 나선다. 터벅터벅 지하철역으로 향하지만 역을 지나친다. 딱 한 정거장만 걸어야겠다. 십여 분 흘렀을까? 벌써 다음 역이다. 한 정거장 더 걸어야겠다. 옷 안으로 손끝을 살짝 밀어 넣어 보니 등줄기에 땀이 흐른다. 후텁지근한 여름밤이다. 어느새 다음 지하철역이다. 꽤 걸었다. 지하철 역사로 들어간다.

개찰구를 지나쳐 커다란 거울이 보인다. 정면을 응시한다. 양어깨가 흠뻑 젖어 있다. 뒤를 돌아 다시 거울을 들여다본다. 역삼각형으

주섬주섬 책상을 정리하고 뒤따라 나선다. 터벅터벅 지하철역으로 향하지만 역을 지나친다. 딱 한 정거장만 걸어야겠다.

로 서서히 젖어들었다. 흉하다. 그 순간 새삼스레 느껴지는 개운함. 걸어온 시간을 잠시 거슬러본다. 온몸을 하이힐에 의지해 한 발 한 발 내디뎠다. 양팔은 자연스레 반동했고 자꾸 움츠러드는 어깨를 곧추세우며 걸었다. 생각을 정리하려 했지만 세상에 흔들리는 시선은 잠시도 멈추질 않는다. 간판을 읽고 쇼윈도를 바라보며 행인의 옷차림을 훑는다. 스쳐 지나가는 이들의 발걸음에 시선을 빼앗겼다. 어느새 긴장은 풀리고 근육이 이완된다. 온종일 근무시간에 긴장하며 흘렸던 땀과는 분명 다르다. 정신은 맑아지고 허기진다. 원초적 본능으로 돌아온다.

교복을 입은 한 무리의 중학생들과 뒤엉켜 있다. 한 줄로 길게 서서 순서를 기다리고 있다. 너 나 할 것 없이 두툼한 가방을 메고 있다. 한 칸에 두 사람씩 들어간다. 문득 초등학생 시절이 떠오른다. 한 칸에 단짝 친구와 함께 들어간다. 친구가 볼일을 보는 사이, 문을 바라보고 서서 문고리를 잡고 있다. 그 공간만큼은 단짝 친구와의 비밀 공간이다. 수다는 문밖으로 새어 나왔지만 분명 비밀이 존재한다. 단짝과 더욱 친밀감을 느끼게 되는 공간, 화장실이다.

단짝과 함께하던 그 비밀스러운 공간은 사춘기를 겪으며 달라진다. 더는 교감을 나누는 공간이 못 된다. 그런데 중학생들이 함께 들어가고 있다. 교정을 벗어난 공중화장실에. 얼마 지나지 않아 목적을 알게 되었다. 볼일은 볼일인데 다른 볼일을 보고 있다. 변신이다.

화장실 문이 열리자 교복을 입은 중학생은 온데간데없다. 쇼트 팬츠에 티셔츠를 입고 하이힐까지 신은 그녀들은 거울 앞에서 화장을 한다. 한껏 개성 있는 외모로 변신한다. 좀 노는 아이들만의 일탈이 아니다. 개성을 찾고 싶은 아이들의 변신이다. '나'라는 존재를 드러내고 싶은 마음에서다. 그 무리 속에 스무 살 넘게 차이 나는 내가 있다.

이번엔 내 차례다. 미리 갈아입을 옷을 꺼내 들었다. 나도 '나'로 돌아가기 위해서다. 하이힐을 신고 정장 바지를 입고 있던 내가 화장실 한 칸을 차지한다. 화장실 안은 물 내리는 소리보다 뭔가 분잡히 움직이는 소리만 들린다. 그리고 얼마 뒤, 반바지와 운동화를 신은 내가 나온다. 걷기에 적합한 복장으로 갈아입는다. 내가 원하는 시간으로 돌아간다. 개성 있는 나로 돌아간다. 일탈이든 개성이든 그 공간에서 우리는 스스로를 만난다.

대리 고통

일부러 운동화를 챙기지 않는다. 유난히 걷기 싫은 날이다. 하이힐 뒤축 닳는 소리가 온몸을 진동한다. 걷기 시작한 지 겨우 일주일 지났을 뿐인데 이미 익숙해져버린 일상처럼 느껴진다. 오늘은 걷지 않겠다는 마음이 어색할 정도다. 하루를 건너뛰기가 여간 어색한 게 아니다. 딱 한 정거장만 걸어보겠다는 마음으로 지하철역을 지나친다. 하이힐은 운동화와 달리 허리를 꼿꼿이 세우고 천천히 걷게 된다. 알맞은 속도 유지가 가능하다. 운동화는 어느새 성큼성큼 앞서가는 경우가 다반사다. 사람이라는 장애물을 하나둘 제치며 빨라지곤 한다. 하이힐은 그 반대다. 이십여 분 걸었을까? 더는 불편해서 걸을 수 없을 지경에 이른다. 지하철을 타기로 한다.

뒤꿈치 살갗이 벗겨졌다. 하이힐을 신고 평상시와 달리 너무 오래 걸은 탓이다. 샤워를 하니 쓰라림이 밀려온다. 머릿속을 꽉 채우고 있던 불쾌한 일들이 불과 손톱만 한 크기의 작은 생채기에 밀려났다. 새살이 빨리 돋기를 바라며 연고를 얇게 바르고 반창고를 붙인다.

한 달 전의 일이 떠올랐다. 과도를 들고 텔레비전 화면에 집중하다가 손끝을 베었다. 화면을 향해 미간을 찌푸렸다. 과도에 집중하지 않은 잘못이지만 괜스레 화가 났다. 물이 닿을 때마다 쓰라렸다. 아물 때까지 상처에서 눈을 떼지 못했다. 그때와 비슷한 상황이 벌어진다. 벗겨진 살갗으로 인해 다른 정신적 스트레스는 사라진다.

다음 날 쇼핑몰을 찾아 하이힐 매장으로 걸어간다. 내 발 치수는 230밀리미터다. 치수에 맞는 다양한 하이힐을 신어본다. 7센티미터 굽을 고른다. 전날 생채기를 낸 그 높이다. 그러고는 같은 디자인의 225 사이즈 제품을 달라고 한다. 점원은 서둘러 제품을 꺼내 온다.

"발이 굉장히 작으시네요. 진열된 제품은 대부분 225나 230이에요. 제품의 장점을 한껏 살릴 수 있는 치수거든요. 예쁘고 섹시하게 보이죠."

하이힐 안쪽과 바깥 바닥 면에 225라는 숫자가 선명히 찍혀 있다. 막상 신어보니 빈틈없이 꽉 낀다. 점원이 물끄러미 바라본다.

"230 사이즈를 신으시는 게 낫지 않겠어요? 225가 살짝 작은 느낌인데요. 가죽이란 게 늘어나긴 하지만 230밀리미터도 괜찮을 것 같네요. 어떠세요?"

대꾸하지 않고 225 사이즈 하이힐을 들어 점원에게 건넨다. A/S는 언제든지 환영한다는 점원의 인사말이 허공을 맴돈다. 분명한 건 225밀리미터 하이힐을 신고 오랜 시간 걷는 건 무리다. 230을 신고 걸을 수 있는 거리보다 훨씬 덜 걸어야 한다. 225 하이힐은 양쪽 발에 생채기를 낼 것이다. 결코 익숙해지지 않을 수도 있다. 뻔히 알면서도 225밀리미터 하이힐을 과감하게 산 이유가 있다. 지나치게 정신적 스트레스에 시달리는 날 꺼내 신을 것이다. 한 치수 작은 세상에서 온몸을 지탱하고 있는 발은 고통을 느낄 것이다. 그 고통으로 머릿속은 채워지게 될 것이다. 살짝 까진 살갗은 잠시 머릿속을 하얗게 만들 것이다. 모든 원망은 하이힐을 향할 것이다.

동네 슈퍼

딴, 짓 #054

외진 골목에 슈퍼마켓이 생겼다. 며칠 사이에 느닷없이 생겼다. 관찰력이 부족하기도 했지만 리모델링 공사 기간이 없었다. 유동 인구도 많지 않고 편의점 일색인 골목에 개인이 운영하는 슈퍼마켓이 들어선 것이다. 간판은 여전히 전 주인이 운영하던 세탁소 상호다. 힐끗 매장 안을 쳐다봤다. 깡마르고 인상이 좋지 않은 아저씨가 보인다. 대략 40대 중반. 미소라고는 찾아볼 수 없다. 두 시간을 넘게 걸었더니 목이 마르다. 조금만 더 가면 에어컨을 빵빵하게 틀어놓은 편의점이 있다. 슈퍼마켓을 지나치려는 찰나, 매장 안에서 우두커니 서 있던 아저씨와 눈이 마주쳤다. 나도 모르게 미소를 지었다. 눈이 마주쳤으니 그냥 지나치기가 미안해진다. 어쩌면 저 아저씨는 내가 갈증을 느끼고 있다는 걸 눈치채고 있을 것만 같다. 어차피 가격은 같기 때문에 굳이 갈증을 참으며 편의점으로 갈 필요는 없다.

성큼 슈퍼마켓 안으로 들어서자 기다렸다는 듯이 밝은 소리로 인사를 건넨다. 캔 커피를 꺼내 들고 카운터로 향한다. 외모와는 달리 다소 가는 목소리로 "850원이요"란다. 잔돈 지갑을 꺼냈다. 잔돈이 쌓여 지갑이 두툼하다. 잔돈을 꺼내 들고 세기 시작한다. 50원짜리가 서너 개 보인다. 일일이 잔돈을 만지며 850원이 되는지 센다. 그때다.

"왜요? 돈이 없어요? 깎아줘요?"

나는 고개를 들어 아저씨와 얼굴을 마주한다. 장난기 가득한 환한 미소로 깡마른 아저씨가 서 있다.

"아니에요. 저 돈 있어요."

지폐 지갑에서 서둘러 1000원짜리를 꺼내 들었다. 하지만 아저씨가 이미 흩어져 있던 잔돈을 일일이 센다. 800원이다. 50원이 모자라다.

"100원짜리가 필요했어요. 50원 깎아드릴게요."

굳이 깎아주겠다는 말에 "네"라고 대답한다. 집으로 돌아가는 길에 호기심이 머리끝까지 차오른다. 50원을 손해 본 아저씨의 미소와 그의 첫인상이 전혀 어울리지 않는다.

다음 날, 그 골목을 다시 걷는다. 일부러 다시 슈퍼마켓을 들른다. 아저씨는 앞선 손님과 대화를 나누고 있다.

"이거 얼마에요?"

"얼마면 드실 건데요?"

피식 웃음이 터진 손님과 대화를 이어간다. 서비스라고는 전혀 없을 것 같은 이미지와는 달리 유머가 꽤 쓸 만하다. 다음 날도 그 골목을 또 찾는다. 동네 어르신들이 보인다. 슈퍼마켓에서 작고 붉은 소쿠리마다 채소와 과일을 나눠 담아놨다. 여기 슈퍼 외에 채소를 사려면 큰길까지 나가야 한다. 며칠 사이에 다양한 제품을 팔고 있다. 물건을 고르고 있는 손님이 늘었다. 하루가 다르게 분명 달라지고 있다. 슈퍼마켓 외부에 파라솔을 설치했다. 나는 캔 커피 대신 캔 맥주를 사 들고 앉는다. 오후 7시가 다 되도록 훤하다. 홀짝홀짝 시원한 맥주를 마시며 더위를 식히고 있으려니 아저씨가 다가온다. 새우깡을 들고 있다.

"내가 먹던 건데……. 깨끗해요."

포장지가 뜯긴 새우깡이다. 새우깡을 건네고는 매장 안으로 들어가버린다. 짭짤한 새우깡 때문에 캔 맥주를 하나 더 산다. 그리고 한참을 앉아서 마신다. 아저씨는 매장 안팎을 분주히 돌아다니며 정

"이거 얼마예요?"

"얼마면 드실 건데요?"

피식 웃음이 터진 손님과 대화를 이어간다.

리를 한다. 때로는 생각에 잠겨 있다. 더는 말을 건네지 않는다. 맥주를 다 마시고 남은 새우깡을 다시 아저씨에게 드린다.

"제가 먹다 남긴 건데……. 깨끗해요."

어쩌면 아저씨는 포장지를 막 뜯은 새우깡을 내게 가져다줬을지도 모른다는 생각이 문득 들었다. 아저씨가 먹다 남긴 거라고 하기엔 양이 많이 남아 있었다. 혼자서 맥주를 마시는 나를 향한 배려라 생각한다. 더는 말을 걸지 않아 편안하다. 마음을 건네는 서비스란 이런 것이 아닐까? 그 슈퍼마켓이 나의 아지트가 된 날이다.

투명 인간

딴, 짓 #055

보슬비가 흩날린다. 우산을 챙기지 않는다. 비가 서서히 그쳐갈 즈음, 한 청년이 다가온다. 손해를 보며 절반 값에 파는 거라고 생색을 내던 그가 내 손에 우비를 쥐여주다시피 건넨다. 1000원을 채 간다. 응원하려면 우비를 입어야 한다고 했다. 약속 장소를 향해 야구장 앞을 지나치던 순간이다. 어느새 비는 그쳤다. 우비를 가방 속에 구겨 넣는다. 그나마 좋아하는 색깔이다. 촌스러운 노란 우비는 그렇게 내 소지품이 되었다. 맑게 갠 날도, 비 내리는 날도 가방 안 귀퉁이를 차지하고 있다. 그렇게 일주일이 채 지나지 않아 또다시 비가 내린다. 보슬비가 내린다. 우비 덕분에 우산을 챙기지 않는다. 아니, 생각해보면 원래부터 무언가를 미리 챙기지 않는다. 노란 우비를 꺼내 든다. 언제부턴가 우비를 입은 이들을 길거리에서 보기 힘들어졌다. 우비는 마치 동떨어진 세계에서 날아온 생물체란 느낌을 안겨준다. 투명 인간으로 만들어줄 것만 같은. 그래서 더욱 우비를 꺼내 입는다. 여전히 공장 냄새가 난다. 우비를 연신 찍어내는 비닐 공장 냄새다. 팔을 휘젓는다. 저 멀리 날아가지 않고 또다시 내 몸에 달라붙는다. 냄새는 더욱 진해진다.

보슬비 내리는 날, 숲길 산책은 형언할 수 없는 묘한 기분을 안긴다. 팔과 다리 동작을 크게 하며 발걸음은 뒷동산으로 향한다. 코끝으로 밀려드는 풀 향기가 맑은 날과는 비교할 수 없을 만큼 짙다. 걸음을 옮길 때마다 풀 향기는 발끝을 타고 손끝에서 맴돌다 순식간에 코를 자극한다. 햇볕에 가려졌던 풀 향기가 물방울을 머금고 피어난다. 보슬비에 촉촉이 젖어가는 풀잎들이 영롱한 빛을 낮게 내뿜는다. 곧게 뻗어 올라간 나무 선들이 꽉 들어찬다. 회색빛으로 어두워진 산길은 몽환적이다. 그럴수록 시야는 더욱 선명해진다. 흩날리는 보슬비를 따라 풀잎들이 제각기 흔들린다. 작은 움직임도 놓치지 않는다.

발끝으로 시선을 모은다. 발걸음 탓에 뿌리를 드러낸 나무가 보인다. 보슬비를 탐내는 나무 속살은 인간의 방해를 거부한다. 잘못 밟으면 미끄러진다. 그 어느 때보다 발끝에 감각을 집중한다. 마른 먼지는 사라지고 저벅거리는 걸음은 속도를 늦춘다. 속도가 느려질수록 어깨는 축 처진다. 잔뜩 긴장했던 어깨는 서서히 가라앉는다. 대신 허리에 힘이 들어간다. 한껏 조심스럽게 들이마시는 호흡. 잠시 멈춰 서서 하늘을 바라본다. 체취가 느껴진다. 보슬비를 맞고서 풀잎처럼 내 몸에서 내뿜는 체취다. 그윽하다. 온화하고 따뜻한 나의 향기가 은은하다.

보슬비는 인간의 발걸음을 되돌린다. 산길은 한적하다. 오롯이 나의 길이다. 등산객을 만나지 못하는 시간이 길어지면 점점 나는 풀잎이 되어간다. 보이는 건 나무와 풀뿐. 시선에 들어찬 자연에 곧 내가 동화된다. 나는 사라지고 보슬비에 젖어가는 그것들만 남는다. 경쟁하듯 풀잎 향기가 온몸을 휘감는다. 우비 안으로 향기를 담는다. 빗줄기는 더는 굵어지지 않는다. 서서히 보슬비도 잦아든다. 이제 산책을 멈출 시간이다.

우비를 벗어도 풀 향기는 남아 있다. 탁탁 털어 말린다. 작은 비닐 안에 곱게 접어 가방에 다시 넣는다. 비가 내리는 날을 또다시 기다린다. 1000원짜리 촌스러운 노란 우비는 그렇게 나와 함께한다.

비의 울림

딴, 짓 #056

아파트에 살게 되면서 예전 주택에서 살 때처럼 비 오는 소리를 들을 수 없다. 차의 거센 속도에 밀려 빗겨 날아가는 빗소리가 전부다. 처마 밑으로 떨어지는 빗소리를 듣기 힘들다. 빗방울이 지면에서 퍼지는 그 소리도 들을 수 없다. 예전에는 침대에 누워 빗방울의 움직임을 상상하곤 했다. 건물과 건물 사이 좁다란 공간에 슬레이트를 덧대 지붕을 만들어 살았다는 선배는 비 오는 날이면 슬레이트 위로 살포시 떨어지는 빗방울 소리에 잠을 청하던 기억을 떠올렸다고 한다. 결코 시끄럽지 않게 귀를 자극하고 심장을 건드리는 빗소리였다고 했다. 누군가 장난삼아 슬레이트 지붕 위로 던지는 돌덩이 소리에 잠을 설쳐댈 때도 빗소리가 건네는 추억 때문에 견딜 수 있었다고 했다.

문득 빗소리가 그립다. 우비를 주섬주섬 껴입고 밖으로 향한다.

머리끝부터 발목까지 뒤집어쓴다. 걸을 때마다 호흡이 내 귓속을 파고든다. 바람에 따라 흩날리는 빗방울이 점점이 우비에 달라붙는다. 처마 밑으로 떨어지던 빗소리와 닮았다. 빗줄기는 우비 안을 울린다. 그 울림이 온몸에 전달된다. 걸음을 멈춘다. 짧은 앞머리에 송골송골 맺힌 빗방울. 손바닥을 펼쳐 든다. 빗방울이 손바닥으로 떨어지며 잘게 부서진다. 뛰어본다. 빗방울이 날아간다. 하늘을 향해 입을 벌린다. 꼬맹이들이 지나가며 손가락질한다.

"산성비 먹는다."

촉촉한 찰나를 먹는다.

온몸이 흠뻑 젖었으니 운동화를 신은 양말은 말할 것도 없다. 따뜻한 물에 샤워를 끝내고 캔 맥주를 꺼내 든다. 부드럽게 입가를 적시며 알코올을 음미한다. 이런 날이면 어김없이 나에게 집중한다. 산성비를 먹은 나를 생각한다.

나는 어떤 사람일까? 내 안에 어떤 능력이 있을까? 나는 어떤 극한에서 어떤 반응을 나타낼까? 인간의 능력은 무한하다는 말이 사실일까? 그 한계를 성장 과정에서 규정지었던 것일까? 새로운 환경에 대한 두려움과 불안은 언제부터 생긴 것일까? 도전과 용기란 세포도 분명 나에게 있을 것이다. 내가 나를 드러내기에 적합한 환경

바람에 따라 흩날리는 빗방울이 점점이 우비에 달라붙는다. 처마 밑으로 떨어지던 빗소리와 닮았다. 빗줄기는 우비 안을 울린다. 그 울림이 온몸에 전달된다.

도 분명 있을 것이다. 과연 지금의 환경은 나를 드러내기에 적합한가? 취기 덕분에 나를 드러내고, 취기 탓에 잊고 만다.

너도 저질러봐

딴, 짓 #057

도심을 걷다 보면 문득 조용한 산책로를 걷고 싶은 강한 열망이 밀려든다. 잘 가꿔진 공원을 걷다 보면 낙엽이 흩어진 산길을 걷고 싶어진다. 산길을 걷다 외딴 집을 발견하면 슬쩍 고개를 빼고 안을 들여다본다. 무섭지 않을까? 외롭지 않을까? 도심이 훨씬 안전하다고 위안 삼으며 되돌아 나오지만 외딴 집을 향한 호기심은 커져간다. 외면하려 해도 어쩔 수 없다. 자꾸만 삐져나오는 질문들, 도심은 무엇으로부터의 안전인가? 정작 내가 살고 있는 도심이 안전하긴 했던가? 오히려 더 많은 위험이 도사리고 있지는 않은가? 무엇으로부터의 공포인가? 내가 있는 곳은 안전하고 네가 있는 곳은 공포에 사로잡혔다는 논리가 과연 설득력이 있는가? 육체와 정신을 갉아먹는 경쟁이 발전이라는 단어를 뒤집어쓰고는 나를 궁지로 몰고 있지는 않은가? 더욱더 위태로운 낭떠러

지로 내몰고 있지는 않은가? 언제까지 원하는 곳에서 걷는 것조차 시간을 내지 못하고 살아가야 하는가? 언제까지 호기심 가득 찬 눈빛으로 바라보고만 있을 텐가? 걷고, 걷고 또 걷다가 내가 나에게 던진 진심 어린 이야기.

애써 감추려 하지 마. 너도 저질러봐.

늘 처음

딴, 짓 #058

새해 첫걸음이다. 현관문을 나서 아파트 단지를 벗어난다. 걷는다. 남산을 향해 또박또박 걷는다. 두 시간은 족히 넘게 걸린다. 바람이 차다. 도로는 한산하다. 마지막 날을 기념하며 새벽녘까지 흥청거린 흔적들도 깨끗이 치워진 상태다. 어떤 이들은 흐트러지고, 또 다른 이들은 연신 제 역할을 다한다. 그들은 마지막 날을 기념하는 이들의 흔적을 밤새 치웠을 것이다.

추위를 이겨낼 요량으로 걸음을 재촉한다. 온몸이 훈훈해지며 점점 몸이 가벼워진다. 목에 친친 감았던 목도리를 풀어 배낭에 넣는다. 귀에 익숙한 피아노 연주를 듣던 습관을 잠시 내려놓고 세상의 소리에 귀를 기울인다. 도로는 오르막과 내리막을 반복한다. 뒤를 돌아보면 기울기가 눈에 들어온다. 정면을 응시하며 걸을 때는 몰랐던 경사면이 한눈에 들어온다. 걷는 그 순간에는 인지하지 못했던 경사면이 꽤 가파르게 보인다. 나도 그렇게 살아왔고, 살아가고 있다.

차도와 인도의 경계가 새삼스럽다. 달려오는 차량도, 지나치는 행인도 없는 텅 빈 차도와 인도를 걷는다. 아슬아슬할 것도 없는 경계를 걷는다. 지난해에는 얼마나 숱한 경계를 넘나들며 살아왔던가?

매년 새해 처음으로 집 밖을 나선 목적지는 남산이다. 숫자상의 변화일 뿐 어제와 다를 바 없는 오늘. 그런데도 뭔가 다르다. 새해 첫날, 첫걸음, 첫 번째 목적지, 그리고 처음으로 떠오른 상념들. 15년이 넘는 기간 동안 그렇게 남산을 찾는다. 대중교통을 이용하던 길을 이제는 걸어서 간다. 남산에서 서울을 내려다본다. 세찬 바람에 옷깃을 여미고 배낭에 넣어둔 목도리를 꺼내 감는다. 따뜻한 커피 한 잔을 들고 남산을 배회한다. 생각은 떠오르되 정리되지 않는다. 정리하고자 하는 의욕조차 사라진다. 신년 계획을 떠올리려 애쓴다. 정리가 안 되었으니 계획이 쉬이 떠오를 리 없다.

'그저 올해도 건강히 지내자.'

숙연해진다. 차분하게 가라앉는다. 하늘을 올려다본다. 그 많던 욕심은 기도 앞에서 '건강한 삶'으로 귀결된다. 지금 이 순간에 집중하자는 반복적인 결심도 남산을 향해 걷던 그 걸음에서부터 시작되었다.

돌탑

딴, 짓 #059

걸음이 느려지고 호흡이 가빠질 때 즈음이면 시선이 머무는 곳이 있다. 아슬아슬하게 쌓아올린 돌탑이다. 하나의 돌탑마다 십여 명의 정성이 가득하다. 쌓인 모습이 위태로울수록 그 정성이 머릿속에 그려진다. 매우 집중해서 돌을 올리지 않으면 이미 쌓인 조각돌까지 쓰러뜨릴 수 있다. 쌓여 있던 돌을 떨어뜨린다는 건 불길하기까지 하다. 나의 정성은 고사하고 남의 기운까지 밀어뜨린 꼴이다. 그럴 때면 허겁지겁 떨어진 조각돌을 찾고 기억을 더듬어 그 자리에 그대로 올려놓으려 애쓴다.

돌탑을 바라보며 한참을 생각에 잠긴다. 처음 올려졌을 돌, 첫 돌이 궁금하다. 첫 돌을 놓은 이는 누굴까? 첫 돌을 놓고 두 번째 돌을 쌓으며 정성을 들인 이는 또 누굴까? 첫 돌과 두 번째 돌이 놓였을 시간은 순간이었을 가능성이 높다. 동일한 사람이었을 가능성도 짙다. 그렇지 않고서는 돌탑의 형태로 보이기 쉽지 않다. 현재와 미래의 정성이 쌓여 돌탑이 생긴다. 돌탑을 바라보며 두 손을 합장한 이들도 보인다. 돌탑은 정성과 간절한 바람의 상징이다. 더는 올려놓을 수 없는 마지막 조각돌에는 절박한 누군가의 심정마저 느껴진다. 초집중. 모든 잡념이 한순간에 사라진 찰나다.

가뭄으로 강바닥이 훤히 드러난 계곡에 쌓인 돌탑은 무심코 시작되었다. 곧 장마철이 시작되면? 걱정이다. 돌탑의 운명이 머릿속을 떠나지 않는다. 물살에 무너지고 흐트러져서 흘러 내려간다. 굽이굽이 계곡을 따라 흐르던 물살은 돌탑을 거침없이 공격한다. 아슬아슬하게 하늘을 향해 치솟은 돌탑은 힘 한번 쓰지 못하고 주저앉는다. 물살이 잦아들고 바닥을 드러내면 또다시 돌탑이 쌓인다. 지난 계절을 떠올린 이들은 돌탑을 다시 쌓기 시작한다.

사라지고 쌓이고 또 사라지면 어김없이 쌓이고 마는 돌탑의 운명이 나와 닮았다. 집착과 고집으로 얼룩진 나는 버티는 것보다 흐름에 맡겨야 한다. 그것을 모르지 않으면서도 나의 욕심이 나를 무너뜨리고 있다.

가벼운 산책 복장으로 나선 야트막한 뒷산에서 돌탑을 만난다. 이제 막 쌓이기 시작한 돌탑에 조각돌을 올린다. 그리고 주머니에서 물살이 잦아들고 바닥을 드러내면 또다시 돌탑이 쌓인다. 지난 계절을 떠올린 이들은 돌탑을 다시 쌓기 시작한다.

동전을 꺼낸다. 별 뜻은 없다. 햇빛을 받아 동전이 반짝인다. 그렇게 산책을 마쳤다. 며칠이 지나고 다시 돌탑을 찾았다. 동전은 그 자리에 그대로 있다. 그리고 그 옆에 또 하나의 동전이 반짝인다. 별 뜻 없이 동전을 둔 나의 의도와는 다를 것만 같은 동전이다. 괜한 짓을 했다는 자책이 밀려든다. 돌탑을 마주 보고 앉는다. 제일 처음 돌을 놓은 사람의 마음도 혹시 나와 같지 않았을까? 대단한 바람이 있었다면 홀로 돌탑을 완성해버렸을 수도 있다. 욕심을 부리든 욕심을 버리든 돌탑을 쌓는 정성은 그 자리에 남아서 바라보는 이들에게도 위로를 건넨다. 돌탑 위에 올려놓은 동전들이 유난히 반짝인 한낮이다.

만병통치약

딴, 짓 #060

두통에 시달린다. 한 손에 잡히는 두툼한 수첩 모서리를 세워 가볍게 정수리를 토닥인다. 시간이 흐를수록 두통은 강도를 높여 긴 시간 동안 괴롭힌다. 두통약을 먹어도 낫지 않는다. 도대체 어떻게 해야 한단 말인가? 주먹으로 정수리를 내리친다. 머리가 울린다. 반복된 두통은 정상적인 생활을 방해한다. 그나마 잠에서 막 깨어난 새벽만이 두통에서 자유롭다. 반복적으로 발생하는 두통은 생각보다 깊게 생활을 지배한다.

지난 술자리에서 가볍게 등산을 하고 막걸리를 마시자던 약속이 생각났다. 잊고 있었다. 두통 탓이리라. 서둘러 집을 나선다. 약속 장소인 청계산으로 향한다. 왕복 두 시간 코스다. 새벽에 잠잠했던 두통이 슬금슬금 다시 나타나기 시작한다. 집으로 돌아가고 싶어진다.

내 표정이 일그러지자 이유를 묻는다.

"두통이 심해요."

"산에서는 두통도 사라져요."

마치 등산이 모든 병을 치료해준다는 만병통치약인 양 고통을 이겨낸 사례들이 여기저기서 속출한다. 대답을 하는 둥 마는 둥 귓등으로 듣는다. 산을 오르고 또 오른다. 두통은 여전히 살아 있다. 슬슬 땀이 등줄기를 타고 흐른다. 등산 초입과는 달리 점점 말수도 줄어든다. 조용해진 등산길에 새소리가 들린다. 새소리를 따라 고개를 들어 하늘을 바라본다. 어느새 막걸리를 파는 간이 쉼터가 보인다. 등산객으로 둘러싸여 있다. 줄을 서서 막걸리를 한 잔씩 받아 든다. 시원하다. 달콤하고 짜릿한 막걸리 맛이 더위를 단숨에 날린다. 누군가가 묻는다.

"두통은요?"

아, 두통을 잊고 있었다. 입안 가득 담고 있던 막걸리를 삼킨다. 대답을 듣기도 전에 이미 그들은 내게서 두통의 그림자가 사라졌음을 알아챘다. 한마디씩 거든다. 산행을 꾸준히 하다 보면 뭉쳐 있던 근육이 풀리면서 잔병이 사라진다는 체험까지 등장한다. 쉽게 믿기지 않는다. 우연히 두통이 사라졌을 것이리라. 두통이 심한 다음 날, 다시 산을 찾는다. 정상에 가까워질수록 두통이 사라진다.

내 소지품에는 두통약이 늘 있다. 두통약을 여유 있게 구비해둬야 마음이 놓일 정도다. 두통약에 내성이 생겨서 근본적인 치료를 하는 것이 절실하다는 진단마저 받았다. 그런데 우연히 방법을 찾은 것이다. 산을 찾는 날이면 두통은 사라진다. 마치 온몸을 거꾸로 매달고 탁탁 털어 두통을 쏟아낸 듯 가볍기까지 하다. 산이 만병을 고쳐준다는 의견에 어느새 나도 동참하고 있다. 산에서 만난 낯선 누군가의 고통을 듣고 모른 척 지나칠 수가 없다. 상대는 예전의 나처럼 흘려듣는다. 듣는 둥 마는 둥, 마치 출처를 알 수 없는 약장수의 과장된 말투로 받아들이고 있음을 표정으로 안다. 그럼에도 불구하고 고통을 이겨낸 사례에 나도 한마디씩 거들고 있다. 어느새 소지품에서 두통약이 사라졌다.

신념

딴, 짓 #061

눈꽃으로 유명한 태백산이 설산의 맛을 건넨다. 태백산의 한겨울은 뜨겁다. 주말이면 등산 인구로 불과 몇 걸음 나아가는 데 1분은 족히 걸린다. 사람 물결이 태백산 허리춤에 흐른다. 등산로에서는 병목현상까지 빚어진다. 밀려든 등산객의 체온으로 태백산의 칼바람도 비껴간다. 정상에 가까워지자 어디선가 목탁 소리가 들린다. 나는 특정 종교에 거부감이 없다. 그저 고즈넉한 산사에 머물기도 하고, 성당을 찾아 마음을 가라앉히기도 한다. 그뿐이다.

목탁 소리에 맞춰 걸음을 이끈다. 호기심으로 다가선다. 태백산 정상에 다가가자 스님이 염불을 외고 있다. 칼바람이 매섭게 스님의 옷매무새를 흐트러뜨린다. 순간 당황했다. 스님의 길게 자란 수염에 눈꽃이 피어올랐다. 칼바람에 나부끼던 눈발이 그의 수염에 닿았고 입김에 녹다가 찬바람에 얼기를 반복했다. 수염이 지탱하기 힘들 만큼 눈꽃이 결결이 피어올랐다. 꼿꼿이 서서 염불을 외던 그와 눈이 마주친다. 두툼한 장갑을 낀 손을 합장하며 인사를 건넨다. 칼바람 탓에 장갑을 빼고 예의를 갖출 엄두가 나지 않는다. '수염 눈꽃'에서 시선을 뗄 수가 없다. 무어라 나의 마음을 전달하고 싶은데 입을 뗄 수도 없다. 합장한 두 손도 내려놓을 수가 없다.

종교를 떠나 한 인간의 신념을 바라본다. 코끝이 시큰해져온다. 목탁 소리가 메아리쳐 되돌아온다. 종교의 경계를 허물고 스스로의 삶을 다시 되돌아보게 한 소리다. 잠시 저 멀리 산등성이를 향해 시선을 돌린다. 산등성이를 따라 하얀 눈꽃이 능선을 그리고 있다. 불전함으로 합장한 손을 가져간다. 그리고 수줍게 접어 양손에 감춘 돈을 넣는다. 복된 삶을 바라며 불전함을 마주해야 하는데, 이 순간만큼은 다르다. 한 인간의 신념을 바라본다. 다양한 종교가 존재하는 세상 속에서 혹독한 추위를 버틸 수 있는 한 인간의 의지를 바라본다. 그 신념과 의지가 나에게도 존재하리라는 믿음을 갖게 한다.

스님의 길게 자란 수염에 눈꽃이 피어올랐다.
칼바람에 나부끼던 눈발이 그의 수염에 닿았고
입김에 녹다가 찬바람에 얼기를 반복했다.

이렇게 살아야 합니까

딴, 짓 #062

어차피 내려와야 하는 길을 꾸역꾸역 올라가는 이유가 뭐냐고 묻는다. 10킬로그램을 육박하는 가방을 메고 한 걸음 한 걸음 천천히 올라가던 길이다. 대답 없이 하얀 웃음만 건넨다. 기회만 닿으면 가방을 챙겨 산을 오른다. 그런데 자문한 적은 없었다. 왜 나는 산으로 향하는 것일까?

조깅하듯 가뿐히 걸어오는 이들 속에서 두툼한 배낭을 짊어지고 산을 오른다. 지나치는 이들마다 시선을 떼지 못한다. 동네 산을 오르기에는 지나치게 무거워 보이는 배낭. 2박 3일 지리산 종주를 위해 준비 중이다. 비상사태에 대비한 물건들로 가득하다. 단 한 번도 겪어본 적은 없지만 산에서 만난 이들에게 전해 들은 사건들은 가방의 무게를 금세 살찌운다. 언제든 나에게도 다가올 수 있을, 만약을 대비한 무게가 절반을 넘게 차지하고 있다. 엄청난 무게를 감당하며 왜 나는 산을 오르고 있는가? 아, 맞다. 자극 때문이다. 심금을 울리는 슬픈 가사, 기립 박수를 이끌어내는 훌륭한 연주 같은 자극을 산이 건넨다. 발끝을 타고 허리를 감싸며 등허리를 타고 오르던 자극이 어깨를 지나 머리끝으로 올라온다. 책을 읽거나 글을 쓰거나 산책할 때 사용하는 근육의 움직임은 정해져 있다. 그러다 산을 오르면 범위를 넘어선 자극이 밀려든다. 다음 날이면 온몸의 근육이 경직되고 엉거주춤한 걸음걸이를 하게 만드는 고통이 수반된다. 산이 선사한 표면적 자극이다.

산책은 흩어져 있던 생각을 정리하고, 정리했던 생각을 훑어보는 여유를 안겨준다. 반면 산행은 다르다. 배낭이 무겁고 등산 시간이 길어질수록 인간의 모든 감각은 그 순간에 집중한다. 배낭이 무거울수록 머릿속은 맑아진다. 생각이 줄어드니 여유가 생길 수밖에 없다. 어깨를 짓누르는 배낭의 무게를 허리로 버티려 해도 만만치 않다. 안전하게 한 발 한 발 내딛는 것이 목표가 된다. 지금 이 순간에 집중하지 않으면 안 된다. 고르지 못한 등산길에서 자칫 사고를 만날 수 있다. 지금에 집중한 기억이 있던가? 과거를 그리워하거나 미래를 계획하기 바쁜 삶이었다. 단순해지자고 몇 번이고 결심해도 어느새 복잡한 상념들이 머릿속을 엮는다. 단순해지기 위해서는 다른 부분의 긴장을 요한다. 버거울 만큼의 무거운 배낭이 복잡한 생각의 실타래를 대신한다. 이렇게 하지 않으면 단순해질 수 없다. 동네 뒷산을 오를 때도 무거운 배낭을 짊어지는 건 이 때문이다.

떠안고 있던 고민이 산행으로 갑자기 사라지거나 해결되지는 않는다. 다만, 그 고통을 그대로 바라보게 된다. 그 고통을 있는 그대로 인정하게 된다. 누군가가 산행을 해야 한다며 강요한 적도 없었다. 스스로 떠난 산행에서 아이러니하게도 어쩔 수 없이 이 삶을 떠안고 살아가야 하는 숙명을 겸손하게 받아들이게 되었다. 육체가 힘들지 않으면 정신은 더는 맑아지지 않는다. 단 한 순간도 아무 생각 없이 지낸다는 게 가능한 일인가? 무념과 무상은 다년간 갈고닦은 정신 수양자들에게나 가능한 일일 것이다. 고통은 풍선처럼 한 번 불어나면 줄어들기 쉽지 않다. 알맞은 유연성으로 긴장감을 유지하는 것, 배낭의 무게와 정신의 무게를 저울질한다. 어차피 내려올 길을 힘들게 오르는 이유가 무엇이냐는 자문에 대한 자답이다.

'지금까지의 삶이 잘못되었다는 것이 아니라 앞으로도 이렇게 살아야 합니까? 도심에서의 삶을 부정하는 것이 아니라 앞으로도 지금처럼 이렇게 살아야 합니까?'

답은 이미 내려졌다.

그저 우리의 길은 그런 것이다

딴, 짓 #063

목표 지점을 향해 속도를 내며 걷는다.

홀로 걸을 때 목표 지점은 때론 무의미하다. 노선도 달라진다. 동행자가 있으면 노선을 의논하거나 목표 지점을 변경하고 싶을 때 설득해야 한다. 이때 조급하게 살아온 동행자는 샛길로 빠지거나 길을 잃고 헤매는 상황을 견디기 힘들어한다. 나도 예전에는 그랬다. 처음 산행을 접했을 때는 정상까지의 거리와 소요 시간, 산행 코스를 정확히 알아야 했다. 그 어떤 정보도 없이 마냥 걸어야 하는 건 안개 속에서 헤매는 것과 같았다. 답답하고 수동적인 신세로 전락해버렸다는 생각을 지울 수 없었다. 이것이 전부가 아님을, 더는 정보에 의해서 좌지우지되는 것이 아님을 알게 된 계기가 있다.

강릉으로 향하던 고속도로에서 짙은 안개를 만났다. 신나게 달리던 차량은 속도를 급격히 줄여야 했고 비상등을 켠 채 앞차와의 간격을 유지하며 달렸다. 앞선 차가 사라지니 안개 속에 덩그러니 외로운 드라이브가 이어진다. 불안도 잠시, 차창 밖으로 손을 내민다. 안개를 움켜쥔다. 안개로 뒤덮인 세상이 아름답기까지 하다. 한껏 들이쉰다. 세상은 안개로 휩싸인다. 안개가 전부다. 시각과 청각은 차단되고 촉각과 후각이 살아난다. 그때 안개가 전부였듯, 산행을 할 때는 산행이 전부가 된다. 산행을 시작하고 시간이 지날수록 소요 시간과 거리는 중요하지 않게 되었다. 때로는 길을 잃는 것이 오히려 행운이라 여긴다. 길을 헤매면 생각은 하나에 집중한다.

'길은 언젠가 만난다.'

또렷해진다. 또렷한 정신으로 지도를 펼쳐 든다. 지도는 명확한데 현재 위치를 가늠할 수 없다. 한 치 앞도 내다볼 수 없는 현재에 머문다. 삶도 그랬다. 불안과 두려움은 엄마 배 속을 박차고 나올 때부터 내 삶에 달라붙어 있었다. 소소한 일상에서 행복을 찾지 못한다면 불안과 두려움이 전부가 된다.

나만의 불안이 아니다. 누구나의 공포다. 길을 잃은 것은 너의 잘못도 아니고 나의 실수도 아니다. 그저 우리의 길은 그런 것이다. 마치 안개를 만난 것처럼.

앞선 차가 사라지니 안개 속에 덩그러니 외로운 드라이브가 이어진다. 불안도 잠시, 차창 밖으로 손을 내민다. 안개를 움켜쥔다. 안개로 뒤덮인 세상이 아름답기까지 하다. 한껏 들이쉰다. 세상은 안개로 휩싸인다.

설악산 봉정암

딴, 짓 #064

설악산 봉정암에는 미리 예약한 등산객들이 선방禪房에 누워 지친 육체와 정신을 위로받고 있다. 사찰을 내려다보며 아슬아슬하게 엇갈려 있는 바위가 예사롭지 않다. 영험하다는 소문이 돌면서 작은 사찰은 그 면적을 넓히고 있다. 당일로 오르내리기에 힘겨운 위치임에는 분명하다.

봉정암을 오르려면 용기와 끈기가 필요하다. 끝없이 이어진 돌길을 집중하며 올라야 한다. 봉정암에 오르면서 무수한 생각이 들고 사라지기를 반복한다. 마치 가루를 체에 거르는 것 같다. 고운 입자들은 조밀한 망을 벗어나 아래로 떨어진다. 망을 넘지 못하는 굵은 잡티들은 체에 남는다. 체에 거르기를 여러 번 반복하다 보면 손가락 사이로 빠져나갈 듯 보드라운 입자들만 남는다. 봉정암에 오르는 길도 마찬가지다. 봉정암을 오르기 위한 첫발은 무겁고 더디다. 소원을 가슴에 품고 걸음을 재촉한다.

한 걸음씩 걷다 보면 신에게 의지하던 마음은 자신을 향하고, 반성은 다짐으로 바뀐다. 봉정암을 오르며 머릿속에 가득 들어찼던 생각은 잘게 부서진다. 날카로운 비수처럼 안으로 파고들던 비난과

질책은 호흡으로 사라지고 땀으로 흐른다. 자식의 소원이 나의 소원이며 나의 소원이 곧 가족의 소원이다. 소원을 염원하는 마음은 더는 내디딜 수 없을 것만 같은 발걸음을 하나둘 옮기게 한다. 봉정암에서 들리는 목탁 소리가 심장을 울리고 마음을 다독인다.

우연히 길을 잃은 등산객이 천신만고 끝에 암자를 찾았다. 암자에서 주지 스님이 따뜻한 밥 한 끼와 잠자리를 제공하면서 소문은 삽시간에 퍼졌다. 그날 이후 암자를 찾는 이가 늘었다. 그 암자가 바로 봉정암이다. 봉정암도 사랑을 베푸는 마음에서부터 시작했다.

봉정암에서 들리는 주지 스님의 염불 소리에 절로 합장을 한다. 중심을 잡지 못하고 후들거리던 다리도 어느새 무릎을 꿇고 큰절을 올리고 있다. 염불 소리에 텅 빈 마음이 채워진다. 나를 위한 기도가 이어진다. 법당에는 수많은 불자가 합장하고 소원을 빌고 있다. 우리네 부모님들은 가족의 건강을 위해 그곳에 앉아 있다. 그것이 희생이라고 생각하지 않는다. 기꺼이 모든 것을 바칠 수 있다는 마음으로 봉정암을 찾았을 것이다. 봉정암의 영험함은 그 마음이 하나 둘 모여 빚어낸 결과물인 것이다.

번뇌

딴, 짓 #065

어둠을 틈타 옷을 벗는다. 실오라기 하나 걸치지 않은 채 서너 발 내딛자 차가운 계곡물이 발끝에 닿는다. 소름이 돋는다. 서서히 한 발씩 앞으로 향한다. 훤한 낮에 봐둔 야트막한 웅덩이다. 물 흐름이 급격히 줄어들어 맴도는 곳이다. 어둠이 짙게 깔리자 계곡물 소리는 더욱 거세진다. 밤이라고 흐름이 달라지지 않았을 텐데 감각이 차단된 탓일 것이다. 계곡물에 몸을 담근다. 머리끝이 쭈뼛 선다. 차디찬 물막이 물결을 이루며 살갗을 친다. 가부좌를 틀고 앉는다. 심장까지 물이 차오른다. 물속은 따뜻한 온기가 돈다. 체온이 계곡을 달군다. 살짝 떨리는 입술에 손끝을 댄다. 살아 숨 쉬는 계곡물을 따라 호흡이 빨라진다. 벌거벗은 별이 총총히 빛을 발한다. 빈틈없이 꽉 들어찬 갈등이 스르르 물살에 떠내려간다. 실오라기 하나 걸치지 않은 나만 오롯이 남는다.

믿음

딴, 짓 #066

나이 마흔에 자전거를 배웠다. 운전면허가 없으니 내 몸을 그 무엇에 의지한 것은 자전거가 처음이다. 자전거를 배워야겠다고 결심하기도 쉽지 않았다. 자전거가 없으면 걸으면 되고, 운전면허가 없으면 대중교통을 이용하면 되었다. 아쉬울 것이 없는데 굳이 무언가를 배워야 하는 것에 거부반응을 보였다. 내 두 발이 바닥에 닿지 않는 상황이 끔찍하리만큼 싫었다. 그런데 누군가의 조언에 마음이 흔들렸다.

"강바람을 맞으며 달릴 때, 그건 새로운 세상이야. 더 늦기 전에 배워."

걷는 것과 달리는 것, 그리고 자전거를 타는 것이 뭐가 그리 다를까? '새로운 세상'이란 표현에 흔들렸다. 무엇이 그렇게 새롭다는 말일까? 무엇보다 '더 늦기 전에'라는 말에서 마치 세상을 거의 다

"강바람을 맞으며 달릴 때, 그건 새로운 세상이야. 더 늦기 전에 배워."

산 노인이 되어버린 듯한 느낌이 들었다.

자전거를 구매했다. 중심을 잡는 것이 만만치 않다. 얇디얇은 자전거 타이어가 앞뒤로 나란히 굴러간다. 그 위에 나의 육체와 정신을 맡겨야 한다. 넘어지면 다친다는 공포가 상상력을 자극해서는 페달 위에 발을 올려놓을 수 없는 지경까지 이른다.

"뒤에서 잡아줄 테니까 힘껏 페달을 밟아봐. 넘어져도 살갗이 조금 까지는 정도야."

내 등을 움켜쥔 손길이 느껴진다. 힘껏 페달을 돌린다. 중심이 흔들렸고 그럴 때마다 움켜쥔 손에 힘이 들어간다. 속도를 내보라는 말에 허벅지에 힘을 싣는다. 속도를 낼수록 흔들림이 줄어든다. 잔뜩 긴장해서 움츠러들었던 어깨를 곧게 편다. 아랫배에 힘을 준다. 어느새 손길이 느껴지지 않는다. 점점 멀어져가는 목소리가 들린다.

"그대로 계속 달려가. 자전거를 믿어. 배신하지 않는다니까. 믿어봐."

자전거를 믿지 못했던 것이 아니다. 나 자신을 믿지 못했던 거였다. 늘 그래왔다. 일을 할 때도, 사랑을 할 때도, 이별 앞에서도 늘 그랬었다.

다른 공간

딴, 짓 #067

주말이나 휴일에는 중앙선을 탄다. 그것도 양쪽 끝 칸에 탄다. 자전거로 가득한 지하철 안은 평상시와 전혀 다른 분위기다. 온몸의 실루엣이 그대로 드러나는 얄궂은 라이딩 복장을 한 자전거족들이 자전거를 싣기 위해 안간힘을 쓴다. 앞바퀴를 넣고 뒷바퀴를 싣기 위해 조심스레 지하철 안으로 비집고 들어온다. 누구 하나 불평 없다. 조밀하게 지하철 안을 채운다. 서 있는 자전거와 그 곁을 지키는 이들이 나란히 선다. 좋은 자전거일수록 자전거 지지대가 없다. 그렇다 보니 사람이 자전거를 받치고 있어야 한다. 자전거를 안전하게 싣고는 얼굴 전체를 가렸던 선글라스와 버프를 하나둘 벗는다. 나이 지긋한 얼굴들이 드러난다. 등산복을 입은 이들도 눈에 띈다. 평상복을 입은 이들이 오히려 낯설게 느껴진다.

등산용 의자를 꺼내 구석에 편다. 그리고 앉는다. 웃음이 새어 나온다. 부럽다는 의견도 속출한다. 지하철 안은 밝다. 운동을 마친 이들의 여유가 있다. 각자 운동의 장점을 알려주기 위한 홍보의 장이 된다. 주말에 중앙선을 처음 타본다는 평상복을 입은 어르신이 세상의 변화를 실감한다. 취미 생활이 다양해질수록 다양한 산업이 발달할 것이고, 그 누군가의 손자는 다양한 직업군에서 여러 기회를 만나게 될 것이라는 그럴싸한 논리에 귀가 기울여진다.

"내가 하고 싶은 걸 처음으로 찾았어요. 나를 위한 삶을 처음 살아봐요."

나만을 위한 시간을 처음 보낸다는 어르신의 말에 다들 침묵한다. 생각이 깊어진다. 취미를 즐길 수 있을 정도로 건강해서 다행이라는 말에 고개만 끄덕인다. 희생과 보상으로 점철된 인생을 만난다.

터널 귀신

딴, 짓 #068

옛날 기찻길이 자전거도로로 둔갑했다. 이렇게 많았나 싶을 정도로 많은 자전거족이 기찻길을 달린다. 마치 기나긴 기차처럼 꼬리에 꼬리를 물고 내달린다. 뜨겁게 내리쬐는 햇볕을 피해 터널 속을 달리면 출처를 알 수 없는 시원한 바람에 소름까지 돋는다. 여러 개의 터널이 이어진다. 주 중에 힘껏 내달려 보고 싶은 마음이 생긴다. 내겐 어렵지 않다. 언제든지 달리면 된다. 결심한 바로 다음 날, 자전거에 올라탄다. 그러고는 잊지 못할 경험을 하고 만다.

자전거족들이 복작대던 주말과는 달리 주 중에는 여유롭고 한가롭다. 신나게 달린다. 어제 만난 터널이다. 자전거족은 아예 없다. 앞뒤로 둘러봐도 나 홀로 달리고 있다. 터널이 주는 폐쇄감과 공포, 터널 관련 귀신 이야기로 머릿속은 복잡하다. 터널이 주는 위압감, 외부와 차단된 어두운 공간은 이미 들어설 때부터 공포다. 그 공포가 내 어깨에 내려앉는다. 터널에 들어섰을 때 터널 끝이 보이는 경우는 그나마 안심이다. 물론 자전거 타는 이가 한 명이라도 보이면 어깨가 경직되지도 않는다.

그런데 용담 터널을 지날 때다. 들어서자마자 터널 안은 U 모양으로 구부러져 끝이 보이지 않는다. 컴컴한 터널 안에서 얼마나 있었을까? 불과 10초를 넘기지 않았을 것이다. 저 멀리 터널 끝이 보인다. 손톱만 한 구멍이 둥그렇고 환하게 보인다. 이미 공포와 불안이 마음을 집어삼키고 있다. 터널 끝의 환한 빛은 보이는데 아무리 페달을 밟아도 그 끝이 쉽게 다가오지 않는다.

그때다. 따가운 무언가가 오른쪽 팔을 내리친다. 화들짝 놀라 핸들이 흔들린다. 공포감으로 소름이 돋는다. 아무리 빨리 페달을 밟으려 해도 경직된 다리는 부드럽게 나아가질 못한다. 다리에 힘이 빠지고 속도는 줄어든다. 호흡이 고르지 못하다. 겨우 터널 끝에 다다르자 맞은편으로 저 멀리 자전거를 탄 이들이 떼로 달려온다. 휴. 왜 이제야 나타난 것일까?

용담 터널을 빠져나와서 자전거를 세운다. 호흡을 고른다. 크게 들이마시고 크게 내쉰다. 좀체 가라앉지 않는다. 팔을 본다. 물방울이 잘게 퍼져 흩어져 있다. 따가운 것이 아니라 시원한 것이었다. 소요 시간은 이십여 초. 터널을 뒤돌아본다. 터널 안은 줄 맞춰 설치된 전등 불빛으로 환하다. 공포와 불안을 만드는 건 분명 나 자신이란 것도 안다. 구체적인 상상력과 예민한 감수성이 한데 뒤섞여 불쑥 튀어나오는 공포와 불안. 마치 살고자 발버둥 친 시간을 보낸 듯 마음이 평화롭다. 터널도 그대로고 세상도 그대로다. 나를 괴롭히던 공포와 불안의 실체, 어느 정도 예상은 했지만 내가 안고 사는 고질적인 상상 공포와 보기 좋게 대면했다. 자전거 타기에 빠져들지 않았더라면 시도조차 하지 않았을 공포와 맞닥뜨린 것이다. 나를 짓누르던 공포는 시원함으로 바뀐다. 식은땀으로 바람은 더욱 시원하다. 결국 공포와 쾌락은 같은 뿌리라고 떠벌릴 수 있게 되었다.

낚시, 그 무엇으로도 대체할 수 없는

딴, 짓 #069

거부감이 드는 취미를 꼽으라면 단 1초의 주저함도 없이 낚시라고 외치곤 했다. 노숙자와 낚시꾼의 차이는 낚싯대를 들고 있느냐 없느냐로 구분 짓는다는 우스갯소리가 나올 정도니 설득력이 아예 없는 건 아니다. 그러다 문득 거부감이 들게 된 이유가 궁금해졌다. 우선 주변에 낚시꾼이 없다. 긍정적이든 부정적이든 경험할 기회가 없었다. 경험은 권유로 시작하지 않던가? 둘째, 민물낚시에 관한 영상이 넘쳐난다. 별반 움직임 없이 낚싯대만 바라보는 어깨 처진 아저씨의 뒷모습이 떠오른다. 청승맞아 보이기까지 한다는 생각을 지울 수 없다. 마치 낚시를 핑계 삼아 삶의 무게를 회피하려는 몸부림으로 보이기까지 한다.

거부감이 든 이유를 나열하고 보니 의문이 생긴다. 직접 경험한 것이 아니라는 사실 때문이다. 인간의 생각 그 자체가 편견이며 선입견이라지만 그리 어렵지 않게 경험할 수 있는 기회조차도 거부하고 있다. 인간이 살기 위한 가장 원초적이고 본능적인 활동이 낚시라는 생각이 들자 궁금증이 생긴다. 낚시를 거부한 원인과 해결책을 알고 나니 직접 실행에 옮겨봐야겠다는 결론을 내린다. 낚시 용품 대여점에서 낚싯대를 빌려 한강으로 향한다. 징그럽기 짝이 없는 지렁이와 면장갑을 구입한다. 지렁이를 맨손으로 매달 수는 없다. 대여점 직원에게 배운 대로 낚싯바늘에 지렁이를 끼워 넣는다. 낚싯바늘에 끼워지는 지렁이가 온몸으로 고통을 호소한다. 두 눈 질끈 감고는 있는 힘껏 끼워 넣는다. 내 안에 내재된 잔인함과 처음 대면하는 순간이다. 이때 느낌을 받았다. 낚시에 푹 빠지게 될 나를 봤다.

낚시의 묘미는 캐스팅과 입질이다. 캐스팅은 미끼를 끼운 후 물을 향해 힘껏 던지는 것이다. 리듬을 타야 한다. 아스팔트에 내동댕이쳐보고 나니 리듬 파악은 끝났다. 낚싯대가 물살에 흔들린다. 준비해 간 커피 한 잔을 마시며 기다려볼 참이다. 그런데 낚싯대에 이상한 움직임이 감지되었다. 입질이다. 입질의 손맛을 느끼면 낚시에 빠져드는 건 시간문제라는 대여점 직원의 말이 귓가를 맴돈다. 낚싯대로 전달되는 입질이 손끝에 전해지자 온몸에 전율이 흐른다.

속이려는 자와 속지 않으려는 미물 사이에 팽팽한 긴장감이 맴돈다. 일단 미끼를 덥석 물면 생존 게임이 시작된다. 살려는 미물과 죽이려는 인간 사이에 힘겨루기 경쟁이 벌어진다. 머릿속은 온통 하얘지고 미물의 리듬에 나의 리듬을 맞춘다. 강하게 반항하면 낚싯줄을 슬쩍 놔준다. 그렇다고 긴장을 늦추면 안 된다. 잠시 후 상대의 힘이 약해진 틈을 타 낚싯대를 잡아당긴다. 밀고 당기기의 진수를 보여야 할 타이밍이다. 어느새 미끼를 덥석 문 미물과 눈을 마주한다. 양쪽 어깨가 뻐근하다. 낚싯대를 지탱한 옆구리에는 묵직한 압력이 느껴진다.

편견을 내뱉던 지난 시간들이 지나간다. 그나마 다행인 건 지금이라도 시도를 해봤다는 것이다. 선입견 탓에 시도조차 하지 않는 일들이 얼마나 많았던가? 편견 때문에 오해하는 일들이 얼마나 많을 것인가? 편견부터 온갖 징크스까지, 삶을 옭아매고 있는 틀에서 이제 겨우, 아니, 다행히 이제야 하나를 깨는 신선한 경험을 했다. 충격적이라는 표현마저도 부족한, 그 무엇으로도 대체할 수 없는 소중한 딴짓이다.

편견부터 온갖 징크스까지. 삶을 옭아매고 있는 틀에서 이제 겨우, 아니, 다행히 이제야 하나를 깨는 신선한 경험을 했다. 충격적이라는 표현마저도 부족한. 그 무엇으로도 대체할 수 없는 소중한 딴짓이다.

다 같다

딴, 짓 #070

갑자기 엄마한테 전화가 걸려왔다. 목소리가 안 좋다. 몸에 탈이 난 모양이다. 서둘러 지하철을 타고 달려갔다. 지하철역으로 차를 끌고 마중 나온 엄마는 나를 싣고 병원으로 내달린다. 허리는 더 굽고 다리에는 힘이 없는 듯 속도감은 뚝 떨어진다. 창백한 얼굴로 내게 미소를 건네는 엄마를 보면서 이건 아니다 싶다. 환자가 운전을 하고 보호자로 나선 딸은 보조석에 앉아 있다. 누가 누구를 보호하고 있단 말인가? 곁에 있어주는 것만으로도 큰 위안이 되고, 그 위안을 받는 마음이 곧 보호를 받고 있다는 의미라며 엄마는 애써 나를 위로한다.

일흔을 넘긴 엄마는 여전히 운전을 잘한다. 수십 년 동안 운전한 덕분에 수준급이다. 그 덕을 세 자녀가 톡톡히 본다. 어지간해서는 무엇을 강요한 적이 없던 엄마가 그날 이후 딱 한 마디 했다.

"운전면허 따보는 건 어때? 우울할 때 쌩쌩 내달리면 속이 다 후련해져."

우울할 때 내달리셨나 보다. 그 덕분에 속이 후련해지셨나 보다. 딸의 정신 건강에 도움이 될까 싶어 건넨 말이다. 두 발과 허릿심으로 자전거 페달을 밟아 한강 변을 내달리다 보면 그때 엄마가 건넨 말이 무슨 의미인지 새삼 깨닫는다.

일흔을 넘긴 나이에 자전거 타기를 겨우 배운 엄마가 말한다.

"그 마음이 같네. 다 같아."

못 견디게 설레는

딴, 짓 #071

자꾸 중심이 흔들린다. 자전거 페달을 밟으며 시선은 한라산을 응시한다. 높다란 기암절벽 마디마디가 눈에 선하다. 하늘은 파랗다 못해 눈부시다. 알 수 없는 이끌림은 언제나 한라산을 향한다. 수많은 산 중에서 한라산은 유난히 그리워 몸부림치게 만든다. 자전거를 게스트 하우스에 맡기고 한라산을 오를 참이다. 자전거만 타겠다는 계획을 세운 것이 이해할 수 없을 지경에 이른다. 이럴 땐 전생을 믿고 싶다. 전생에 한라산에 내렸던 소복한 눈송이가 아니었나 싶다. 소복이 쌓였다가 제주를 내리쬐는 태양 빛에 스르르 녹아 한라산의 물줄기가 된.

높다란 기암절벽 마디마디가 눈에 선하다. 하늘은 파랗다 못해 눈부시다. 알 수 없는 이끌림은 언제나 한라산을 향한다.

좌대 낚시

딴, 짓 #072

섬처럼 바다 한가운데 양식장이 떠 있다. 사각 형태를 띤 양식장 주변으로 나무 길을 낸다. 나무 길 곁으로 휴식 공간을 만든다. 얼기설기 나무로 공간을 만든다. '나무 섬'을 만든다. 탁자와 의자를 놓고 그늘막을 하나 걸치면 인공 섬이 된다. 인공 섬은 '좌대'라는 이름으로 재탄생한다. 일인당 1만 5000원에서 3만 원에 이르기까지 그 가치는 양식장에 따라 다양하게 매겨진다. 돈을 내고 나무 섬 주인이 된다.

주인이 된 주목적은 낚시다. 양식장에서 키우는 어종은 우럭이다. 양식장에 사료를 뿌려줄 때면 양식장 그물망으로 빠져나간 사료를 먹기 위해 자유롭게 활보하던 어종들이 양식장 주변으로 다시 몰려든다. 상상컨대 바닷속은 사료를 받아먹기 위해 몰려든 자연산 어종과 양식장 그물망 안에 갇힌 어종 사이에 묘한 기운이 감돌 것이다. 물의 흐름에 따라 떼로 몰려다니던 어종들은 느닷없는 행운을 만난다. 때가 되면 어김없이 쏟아져 내려오는 사료만 받아먹고 살려는 몸부림도 있을 것이다. 그중에는 무리에서 이탈해 아예 양식장 인근에 터를 잡은 어종들도 있을 것이다. 그러다 나무 섬에서 살포시 가라앉는 오징어, 지렁이, 꼴뚜기 등의 미끼를 넙죽 받아먹는다. 달콤한 미끼에 감춰진 날카로운 낚싯바늘에 걸리고 만다. 자연산을 잡았다며 호들갑을 떠는 낚시꾼들의 손아귀에서 그들은 뻐끔거리며 낚싯바늘을 토해내려 애쓴다. 그리고 무언가를 전달하려 기를 쓰는 듯했다. 귀를 가까이 가져간다.

"저는 딱히 자연산이라 할 수 없으니 놔주세요."

내 귀에는 그렇게 들린다. 낚시꾼에게 그대로 전달한다.

"아, 이놈은 자연산이 아니랍니다. 양식장에서 던져준 사료를 먹고 살았대요."

나의 말에 주변은 웃음바다가 된다. 손맛을 본 낚시꾼은 상관없다며 손사래를 친다.

"여기저기 싸돌아다녀서 무엇을 먹고 사는지 모르는 놈들보다 오히려 양식장 주변에서 산 놈이 믿음을 준다고 전해주세요."

우럭은 꿰미에 끼워져 바다에 다시 던져진다. 꿰미를 들어 올릴 때마다 우럭은 파닥거린다. 다시 바다에 집어넣으면 헤엄을 친다. 물론 꿰미를 끼고 있어서 도망치지 못한다. 그런데도 끊임없이 헤엄을 친다. 꿰미를 끼고 유유히 헤엄치는 우럭을 우두커니 바라보던 내게 낚시꾼이 말을 건넨다.

"이미 뚫려 있는 아가미 사이로 꿰미를 끼운 거예요. 고통이 없답니다."

믿어본다. 내 마음 편하자고 무작정 믿는다.

초릿대의 움직임을 살핀다. 초리는 꼬리다. 낚싯대의 끝이다. 낚싯대와 낚싯줄의 경계다. 초리에서 맥없이 떨어진 낚싯줄은 미끼와 함께 매달린 봉돌 덕분에 가라앉는다. 바닥으로 가라앉은 봉돌은 물살을 이겨낸다. 무거운 봉돌 때문에 팽팽해진 낚싯줄에 매달린 미끼는 물살에 하늘거린다. 마치 생생하고 파릇하게 살아 있는 듯 물살에 따라 흐느적거린다. 그 물살에 따라 내 몸도 흐느적거린다. 좌대의 매력은 바로 이것이다. 파도를 따라 나무 섬과 나, 그리고 낚싯대가 하나가 된다. 멀미가 심한 나는 나무 섬에 닿기도 전에 지레 겁을 먹었다. 막상 나무 섬에 발을 내딛고 나니 그저 약간의 흔들림만 느껴질 뿐이다. 섬과 파도, 낚싯대, 나의 몸과 시선이 동시에 함께 움직이기 때문에 멀미는 없다. 한참을 바라보다 릴을 감는다. 묵

직하다. 몸부림은 느껴지지 않는다. 무얼까? 낚싯대가 활시위처럼 휜다. 릴을 감던 내 허리도 활시위처럼 휜다. 끌어올리고 나니 불가사리다. 토종인 '별불가사리'다.

"쓸모없는 것이 미끼에 손상만 입히네."

불가사리를 보자마자 주변에서 하나같이 하는 말이다. 쓸모없는 것. 이후로도 쓸모없는 것은 계속 미끼를 잡아챘다.

낚싯대를 펴고 분주하던 이들이 시간이 지날수록 뭍으로 빠져나간다. 사료를 실어 나르던 통통배는 섬을 벗어나려는 이들을 실어 나른다. 그들이 떠난 자리에 나는 남아 있다. 섬에 들어온 지 열 시간이 지나서야 나는 주섬주섬 낚싯대를 접는다. 열 시간 동안 잡은 '쓸모없는 것들'을 한곳에 모은다. 모으고 나니 예쁘다. 해가 저물어 가고 별불가사리가 섬에 가라앉는다. 한참을 보고 있자니 기분이 좋아진다.

어릴 적 동화책에서 처음 불가사리를 만났다. 색칠공부 노트에 하늘의 별과 똑 닮은 불가사리를 찾았다. 색연필로 알록달록 빈틈없이 채워 넣었다. 불가사리의 먹잇감은 조개다. 하지만 먹잇감보다 느린 불가사리는 조개를 잡기에도 버겁다. 그래서 죽은 어종을 주로 먹고 산다. 그러니 '쓸모 있는' 존재일 수밖에 없지 않은가? 누군

"쓸모없는 것이 미끼에 손상만 입히네."
불가사리를 보자마자 주변에서 하나같이 하는 말이다. 쓸모없는 것. 이후로도 쓸모없는 것은 계속 미끼를 잡아챈다.

가가 "쓸모없는 것들"이라 내뱉은 한마디가 귓가를 떠나지 않는다.

모든 존재에는 이유가 있을 텐데 말이다.

제자리 찾기

딴, 짓 #073

섬에서 빠져나온 뒤, 이동하는 차량 안에서는 몰랐다. 휴게소에 들렀다. 화장실 양변기에 앉는다. 약간 어지럽다. 아, 여전히 흔들거린다. 양변기가 흔들린다. 천장과 벽은 멈춰 있는데 나와 양변기만 흔들린다. 육지 멀미. 겨우 볼일을 보고 차량에 올라탔다.

서너 시간이 넘어서 작업실에 도착했다. 뜨거운 물로 샤워를 한다. 고개를 살짝 숙여 머리를 감는다. 흔들린다. 소파에 눕는다. 소파가 흔들린다. 나도 흔들린다. 텔레비전에 시선을 고정시킨다. 흔들림은 좀처럼 가실 줄을 모른다.

사랑에 빠져도 이런 식의 흔들림이 일정 기간 남아 있다. 이별을 할 때도 흔들림이 남는다. 사랑 멀미. 사랑 멀미를 없애는 방법은…… 재빨리 새로운 사랑을 찾는 것.

매대에서의 인연

딴, 짓 #074

"저 좌대에 있는, 저 티셔츠 주세요."

대꾸가 없다. 말없이 배시시 웃기만 한다. 그는 잠시 뜸을 들인 뒤 "낚시 좋아하시나 봐요?" 하고 묻는다. 놀란 눈으로 쳐다보자 또다시 웃으며 말을 잇는다.

"좌대 낚시 다니시나 봐요? 매대, 좌대를 헷갈리는 걸 보면요. 직접 좌대를 즐기는 사람 아니면 할 수 없는 말실수인데요, 허허. '매대'에 있는 것으로 드리면 되죠?"

마주 서서 한참을 웃는다. 그리고 이어진 낚시 이야기. 그렇게 새로운 인연은 시작되었다.

마음maum

제주도에 다녀온 이후로 그 어떤 글도 쓸 수가 없다. 단 하루도 거르지 않고 글을 쓰고 책을 읽고 사색하고 산책을 했는데 이젠 그렇게 못 한다. 원고를 쓰기는커녕 책도 눈에 들어오지 않는다. 산책을 나서도 사색에 빠져들지 못한다. 혹자는 글을 쓰는 이들의 자유로움이 생활의 자유로움과 닿아 있지 않으냐고 묻기도 하지만 절대 그렇지 않다. 나와의 약속이 어그러지는 순간, 그나마 맥을 이어가던 글은 그 힘을 발휘하지 못하고 주변만 맴돈다. 그런 것을 알면서 손을 놨던 이유는 도무지 마음을 잡을 수 없었기 때문이다. 그러다 우연히 보게 된 단어가 있다. 경남 합천 해인사 관련 기사에서 보게 된 단어, 바로 '마음maum'이다. 축제의 콘셉트가 '마음'이란다. 서둘러 가방을 챙긴다. 남부터미널에서 합천행 버스를 탄다. 합천 시외버스 터미널에서는 드물게 해인사행 버스가 다닌다. 자칫 오후 3시 반 이전에 해인사행 버스를 타지 못하면 택시를 타야 한다. 그렇게 합천행 버스에 몸을 싣고 세 시간 정도 달렸을까? 마을이 보인다. 간판에서 공통된 단어를 발견한다. 고령. 어디선가 본 듯한 글귀가 생각난다. 합천으로 가기 전 고속버스는 고령에 잠시 멈춘다. 고령에서 해인사 가는 버스가 자주 있다는 정보가 머릿속을 스치고 지나간다. 고령 시외버스 터미널에 도착했다는 버스 기사의 말이 마이크를 통해 흘러나온다. 운전석으로 뛰어간다.

"해인사……."

해인사라는 말이 끝나기 무섭게 운전기사의 답변이 이어진다.

"해인사 가려면 여기 고령이 훨씬 편해요. 합천까지 가지 마시고 여기서 내리세요."

내린 그 자리에서 얼마 기다리지 않아 해인사행 버스를 탈 수 있었다. '대장경 천 년 세계문화축전'으로 관광객은 넘쳐난다. 단풍이 곱게 물든 해인사는 처음이다. 게다가 일반인에게 마애불을 개방하고 있었다. 문화재 서적에서만 본 그 불상이다. 마음에 이끌려 불쑥 찾은 해인사에서 뜻밖의 것들을 접하게 되었다. 템플 스테이를 신청한다. 주 중이라 휴식형이다. 너른 방에 이미 일곱 명이 넘는 인원이 짐을 풀고 있다.

배낭을 던져놓고 예전에 들렀던 카페를 찾는다. 몇 해 전 가족들과 함께 앉았던 그 자리에 그대로 앉는다. 여전히 커피 향이 깊다. 오미자 향은 오묘하다. 카페에 올 때마다 커피와 다른 차를 동시에 마신다. 갈피를 잡지 못하던 마음이 조금씩 가라앉는다. 해인사에 머무는 사흘 동안 마음을 다잡을 수 있을 것 같다.

제주도를 떠나오면서 그리움이나 아쉬움보다 더 짙은 그 무언가가 마음을 어지럽혔다. 떠남과 남음에 대한 경계, 그 경계에서 살고 있는 나란 사람. 그 어디에도 집착하지 않으려는 마음이 오히려 둘 다를 모두 가지려 하는 마음이었음을 뒤늦게 깨닫는다.

데스티니

딴, 짓 #076

저녁 9시에 소등을 한다. 벨기에에서 사업차 한국으로 출장을 온 여인과 나란히 누웠다. 그녀에게 말을 걸기 위해 흘끗 쳐다본다. 눈을 감고 이어폰을 꽂는 것을 보고는 그만둔다. 이 얼마나 대단한 인연인가? 인연이 영어로 뭐였더라? 아 맞다. '데스티니destiny'. '데스티니'를 반복한다. 인연과 운명을 다르게 사용하고 싶지만 표현할 길이 없다.

들뜸과 흥분으로 뒤섞인 감정도 잠시, 잠이 오지 않는다. 오후 느지막이 마신 커피도 한몫하는 듯하다. 나의 리듬과는 다르게 흘러가고 있다. 정신은 더욱 또렷해지고 밤은 길기만 하다. 옆방에서 코 고는 이의 호흡이 바로 옆에서 들린다. 처음엔 그녀가 코를 곤다고 생각했다. 그런데 가만히 들어보니 그녀가 아니다. 코 고는 소리에 잠은 더욱 저만치 달아나버린다.

컴컴한 방에 누워 생각하고 또 생각한다. 꼬리에 꼬리를 무는 생각들 속에 전혀 엉뚱한 생각들이 치고 올라온다. 아무래도 잠들기는 쉽지 않을 듯하다. 그렇게 한참이 흐르고 시간을 확인해보니 새벽 1시. 그녀의 호흡 소리가 가까이 들린다. 그리고 얼마나 지났을까? 엄마다. 나를 깨우는 엄마다. 다음 날이면 해인사로 나를 만나러 올 엄마가 서둘러 오셨단다. 엄마는 나를 깨운다. 예불 시간에 늦었단다. 번뜩 정신이 든다. 아, 꿈이다. 흐릿하게 타종 소리가 들린다. 새벽 3시다. 예불 시간이다.

처음 경험하는 새벽 예불. 차가운 공기가 가득한 법당에는 족히 스무 명이 넘는 스님들이 열을 맞춰 선다. 얼핏 봐도 앳되어 보이는 스님들의 볼이 붉다. 낮게 깔리는 저음으로 예불이 시작된다. 뜻을 정확히 알 수 없는 주문을 외운다. 나란히 선 어르신은 토씨 하나 틀리지 않고 따라 한다.

연세 지긋한 어르신들이 스님들을 향해 머리를 조아리며 합장한다. 등을 돌린 스님의 모습에 시선이 머문다. 애잔하다. 너무 앳되어 안쓰럽기까지 하다. 속세와 인연을 끊는다는 것, 경계에서 살아야 한다는 것, 운명을 받아들이고 내려놔야 한다는 것. 잔인하다. 선택한 것인가, 선택당한 것인가? '데스티니'를 연신 읊조린다.

등을 돌린 스님의 모습에 시선이 머문다. 애잔하다. 너무 앳되어 안쓰럽기까지 하다. 속세와 인연을 끊는다는 것, 경계에서 살아야 한다는 것, 운명을 받아들이고 내려놔야 한다는 것.

예측할 수 없는

딴, 짓 #077

해인사 경내 카페 시럽은 향이 다르다. 사찰 향이 난다. 이틀째 카페에 들어선다.

"라떼 주세요."

하트가 곱게 그려진 카페라떼를 테이블 위에 놓는다. 그런데 조금은 어색한 것을 발견한다. 스푼이다. 꽤 큰 티스푼이 찻잔에 부자연스럽게 놓여 있다. 이건 팥빙수용 스푼이 아닌지 묻고 싶지만 참는다. 매장에 손님이라곤 나 혼자다. 설마하니 실수를 했을 리 없지 않은가? 아마도 나에게 커다란 티스푼을 건네고 싶었나 보다. 그런 날이 있다. 익숙하지 않은 것을 해보고 싶은 날, 받아줄 것 같은 그런 날, 나도 그런 날을 숱하게 겪는다.

열 살 난 외국 여자아이, 그리고 그의 가족들과 연상 게임을 한 적이 있다. 단어를 듣는 순간, 연상되는 단어를 연이어 말하는 것이다.

예를 들면 '자전거'를 상대가 말하면 떠오른 단어, '헬멧'을 말하고 그다음 사람은 '점핑'. 헬멧이란 단어에서 '크레용팝'이란 그룹을 떠올렸고 히트곡 〈빠빠빠〉에서 '점핑'을 말한 것이다. 연상 게임 도중 '코리아'가 나오자 내 이름 '수정'이 거론되었다. 잠시 머뭇거리던 꼬마 숙녀가 배시시 웃으며 꺼낸 한마디.

"언익스펙티드unexpected."

웃음이 터진다. 다들 공감하는 눈치다. 나는 내가 원하는 대로 잘 살아가고 있나 보다.

갈색 액체

딴, 짓 #078

산책을 하고, 마라톤을 하고, 자전거를 타고, 낚시를 하고, 등산을 하는 이유는 하나다. 거창하지 않은 사소한 이유 하나. 알코올과 카페인이 진하게 온몸을 타고 스며드는 그 맛 때문이다. 진한 땀을 긴 시간 흘릴수록 알코올과 카페인은 온몸을 지배한다. 지배당하는 그 묘한 기분에 빠져든다. 첫 모금에 핑 도는 그 맛에 빠져서는 산책을 하고 마라톤을 하고 자전거를 타고 낚시를 하고 등산을 한다. 갈색 물에 빠져서는 헤어 나오지 못한다. 물론 헤어 나올 생각도 없다.

관계

딴, 짓 #079

입안으로 무언가가 들어온다. 내쉰 숨을 따라 멀어졌던 그 무언가가 들이쉰 숨을 따라 예고 없이 들이닥친다. 거미줄이다. 여러 갈래의 등산길 중 택한 그 길에서 거미줄을 마신 것이다. 덩치가 작았더라면 덜컥 거미 먹이가 되었겠다. 등산객이 지나다니는 길에는 쉽게 거미줄을 치지 못했을 것이다. 후미지지만 먹잇감이 수시로 드나드는 길목에 거미줄을 친다.

작업 공간 구석에도 거미줄이 있다. 다양한 색깔로 거미줄을 치장하고 싶은 나머지 분무기에 물감을 담아 뿌렸더니 거미줄은 끊어지고 거미는 사라져버렸다.

벽면을 타고 흐르는 붉은 물감을 바라보다 어느새 나는 거미가 되었다. 얽히고설킨 관계를 맺는다. 인간과 공간, 시간과 관계를 맺는다. 그리고 먹잇감을 기다린다. 나를 사랑하고 미워하는 사람들과 관계를 맺는다. 더 넓고 세밀하게 거미줄을 친다. 그러다 세월이 흘러 나는 거미줄에 갇힌다. 새로운 공간으로 이동을 감행한다. 이번에는 넓지도, 세밀하지도 않게 거미줄을 친다. 먹잇감이 거미줄에 걸려도 섣불리 다가서지 않는다. 바라보는 시간이 더 길어진다. 먹잇감이 버둥거릴 때마다 거미줄은 흔들린다. 세밀하지 않은 탓에 거미줄은 점점 느슨해진다. 포기할 줄 모르는 먹잇감은 거미줄마저도 끊어놓을 태세다. 나는 거미줄을 내 손으로 자른다. 삶 전체를 흔들어놓을 관계라면 거둬들이는 게 낫다.

넓고 넓은 공간에 친 듯 만 듯 거미줄을 친다. 상대가 알아채지 못하게 거미줄을 친다. 먹잇감에게 영향을 받지도 주지도 않을 거미줄을 친다.

마지막 여행인 것처럼

딴, 짓 #080

아프면 떠나고 싶어진다. 몸 안에 혹이 생겼단다. 그날 여행 가방을 꺼냈다. 오랜 친구가 안쓰럽게 쳐다본다.

"긍정적으로 생각해. 떠나지 말고 병원으로 가자."

피식 웃으며 거부했다. 그리고 일본으로 향했다. 일본에서의 여행은 단 한 순간도 놓칠 수 없는 가장 소중한 시간들이었다. 그리고 몇 달 후, 귀국하자마자 친구를 다시 만났다. 낯빛이 어둡고 윤기가 사라져 있었다.

"폐암으로 돌아가신 아버지가 생각났어. 나 정기검진을 했는데 폐에 뭔가가 보인대."

"긍정적으로 생각하고 대범해져야지. 떠나자."

여행 짐을 꾸리는 친구의 그림자가 되어주었다. 보름이 지나고 병원을 찾았다. 결국 그 녀석의 병은 오진으로 판명 났다. 다시 볼살이 오르고 윤기가 자르르 흐르는 낯빛으로 돌아왔다. 다행히 이 년여가 지나고 내 몸 속 혹도 온데간데없이 사라졌다. 덕분에 불꽃같은 여행을 즐길 수 있었다. 마치 마지막 여행인 것처럼.

제주도 자전거 일주

딴, 짓 #081

자전거에 익숙해지니 일부러 무언가를 사러 나가는 일이 잦아진다. 될 수 있으면 멀리 돌아간다. 자전거를 배우기 전에는 최대한 빨리 목적지에 도착하겠다는 생각이 지배적이었다. 자전거를 배우고서 자전거 타는 것이 목적이 되니 조금은 다른 세상을 살게 되었다. 될 수 있으면 한강을 바라볼 수 있는 노선으로, 될 수 있으면 한적한 공원을 돌면서, 될 수 있으면 오르막과 내리막이 있는 자전거도로로 내달린다. 자전거를 온종일 타는 날이 늘어나면서 자신감이 붙기 시작했다. 자전거 한 대면 나는 자유를 만난다.

자전거도로가 생기기 전에는 인도를 달렸다. 마치 장애물을 헤쳐 나가는 게임처럼 행인을 하나둘 피하고 제쳐 나아간다. 점심시간이 되면 빌딩에서 쏟아져 나오는 이들 속을 내가 달린다. 철저하게 이방인이 된다. 그런 날들이 계속되다 보니 너른 들판을 달리고 싶은 욕망에 사로잡힌다. 제주도만큼 만족, 성취, 안정감 있게 내달릴 수 있는 자전거도로도 없다. 제주도로 자전거 여행을 떠나는 것은 자전거족들이라면 누구나 꿈꾸는 일탈이며 도전이다. 제주도를 빙 둘러싼 자전거도로는 대략 280킬로미터다. 나흘이면 거뜬하다. 대략 하루에 70킬로미터를 달릴 수 있다는 자신감도 일상에서 저절로 쌓인 것이다. 한 시간에 10킬로미터 속도로 부담 없이 달리면 하루 일곱 시간이면 된다. 서울에서 하루에 열두 시간씩 달려본 경험으로 충분하다.

제주시에 있는 자전거 대여 숍에서 튼튼한 자전거를 빌린다. 하루에 만 원 한 장. 만 원에 내 몸을 의지한다. 4만 원을 내고 나흘 동안 빌린다. 시작점은 제주시다. 마침 점도 물론 제주시다. 자전거 페달을 밟고 돌린다. 무릎이 알맞게 접히며 페달이 돌아간다. 갑자기 소나기가 내린다. 비를 맞으며 달린다. 마찰력이 떨어져 미끄러지며 속도가 쉽게 붙는다.

첫날 목표한 거리는 네 시간을 예상했다. 목적지는 모슬포항이다. 절반을 넘게 내달렸다. 이제 한 시간가량만 더 달리면 목적지다. 그런데 예상하지 못한 사건이 발생했다. 타이어에 펑크가 난 것이다.

자전거도로에 문제가 있었을까? 아니면 샛길로 빠져 바다를 구경하던 그 길에 유리 조각이 있었을까? 바람이 빠진 타이어가 길바닥에 내려앉는다. 온몸을 바닥에 흘린다. 더 자전거를 탄다면 휠마저도 손상을 입을 것이다.

주변은 감귤 밭이다. 아무리 두리번거려도 상점 하나 보이지 않는다. 일단 자전거를 끌고 걷는다. 안장에 올라타서 달릴 때는 몰랐던 자전거의 무게가 온몸을 짓누른다. 덤프트럭이 쌩 지나간다. 자전거도로와 차도 사이는 꽤 멀다. 그런데도 휘청거린다. 자전거도 나를 의지하지 못하고 나도 자전거를 의지하지 못한다.

저 멀리 커다란 건물이 보인다. 한경면 하수도 종말 처리장이다. 자전거를 입구에 세우고 건물 안으로 들어간다. 천천히 도미노처럼 하나둘씩 쳐다본다. 질문은 없다. 제주도의 분위기일까? 하수도 종말 처리장에서 근무하고 있는 이들의 분위기일까? 시선을 거두고 다시 일에 몰두하는 이들도 있다. 때마침 내 앞을 지나가는 한 여인에게 말을 건넨다.

"도와주세요."

지나가다 말고 쳐다본다. 사연을 이야기하자 누군가를 부른다. 이미 퇴근 시간이 다 되었으니 근처 자전거 숍까지 트럭으로 실어다

주란다. 무심한 듯 정확히 지시한다. 깡마른 남자 직원이 다가온다. 별말 없이 계단으로 내려간다. 지시를 한 여인에게 감사하다는 인사를 몇 번이고 건넨다. 고개를 끄덕이며 받는다.

자전거를 짐칸에 싣고 나도 짐칸으로 오른다. 트럭은 움직이지 않는다. 운전석에서 그가 내린다.

"앞 좌석에 타세요."

십여 분을 달렸을까?

"육지 사람들은 왜 그렇게 걷고 달리려고 해요?"

순간 할 말을 잃는다. 마음을 들킨 듯 낯빛이 붉어진다. 대답조차 할 여유 없이 자전거 숍 앞에 도착하고 말았다. 질문이라기보다는 혼잣말처럼 들린다. 대답할 여유를 주지 않고 뭔가를 확인하는 눈치다.

"주인아저씨 계시네. 저분이 잘 고칠 거예요."

나는 트럭에서 내리자마자 짐칸에 실린 자전거를 내리지 않고 냅다 편의점으로 달린다. 과자와 음료수를 집어 돌아오자 그가 짐칸에서 자전거를 내리고 있다. 편의점에서 산 물건을 앞좌석에 올려놓는다.

"고맙습니다."

작은 목소리로 조심해서 타라는 말을 남긴다.

자전거 수리점 주인아저씨 손에 타이어가 들려 있다. 추적추적 비는 내리고 공기 빠진 자전거 앞에 맥 빠진 내가 서 있다.

우연히 보게 된 장면이 문득 떠오른다. 어두운 아파트 단지 안에서 누군가 서 있다. 연세 지긋해 보이는 부부가 택시를 향해 서 있다. 합장하고 기도를 한다. 그리고 막걸리를 바퀴에 뿌린다. 잘 들리지는 않지만 뭔가 중얼거린다. 가던 길을 멈추고 멀리서 지켜본다. 바퀴마다 막걸리를 뿌린다. 기도를 마친 뒤 아파트 안으로 들어간다. 멀찌감치 뒤따른다. 같은 동으로 들어간다. 바로 아랫집이다. 아랫집 현관문에는 '○○교회'라는 글귀가 스티커처럼 붙어 있다. 안녕을 바라는 의식은 종교를 넘나들고 있다.

전날 흐렸던 날씨는 사라지고 푸른 아침을 맞는다. 제주도 아침은 상쾌하기 그지없다. 자전거 여행 둘째 날이다. 편의점을 찾아 막걸리를 산다. 자전거 타이어를 바라본다. 잘못 뿌리면 휠이 삭을 수도 있겠다. 고무 타이어에 살짝 뿌리고 기도한다. 천천히 달리겠다는 다짐을 한다. 항상 전방을 주시하겠다는 결심도 잊지 않는다. 완주보다 안전한 여행이 먼저다. 첫날은 난감한 상황 탓에 흥분과 긴장으로 시간 가는 줄 몰랐다. 둘째 날은 즐겨야겠다. 안정이 필요하다. 아랫집 어르신들을 흉내 낸 것이지만 나만의 의식을 치르고 나니 마음이 가라앉는다. 조금 무리를 하더라도 성산까지는 가야 한다. 자전거도로 상태와 날씨 덕분에 최고 속력을 내며 달린다. 효돈을 지나친다. 누군가 부른다. 수북이 쌓아놓은 귤이 보인다.

"저기요?"

"귤 안 사요!"

손사래를 치며 따라온다. 자전거 페달을 멈추지 않고 뒤를 돌아본다. 하얀 봉투에 담은 귤을 들고 나를 따라오고 있다.

"힘들 때 까 먹으라고요. 맛은 좋은데 모양이 좀 그래서요. 파는 물건이 아니에요."

당황했다. 전혀 예상 못 한 그녀의 따뜻한 마음이 깊이 전해진다. 고개를 들어 간판을 쳐다본다. '미정철물'. 고마운 마음에 무언가를 사려고 철물점 안으로 들어간다. 마땅히 살 물건이 없다. 머뭇거리자 이내 알아채고는 가라고 밀친다.

껍질을 까서 입안에 넣는다. 맛있다며 엄지손가락을 든다. 환한 미소로 받는다. 제주도민은 속정은 깊지만 표현을 하지 않으니 무뚝뚝하게 느껴질 거라는 이야기가 머릿속을 맴돈다.

일곱 해가 지난 지금도 생생히 남아 있는 아름다운 추억이다. 이때부터 제주도는 내게 더는 관광지가 아니다. 살고 싶은 곳으로 자리 잡기 시작했다.

곁

공항에서 제주5일장까지 자전거도로는 인도와 겹친다. 인도로 조심스레 달리다가도 버스 정류장에 가까워지면 차도로 달려야 한다. 버스를 기다리기 위해 인도를 가득 메운 사람들 때문이다. 불안하지만 어쩔 수 없다. 조심스레 뒤를 주시하다가 차도로 내려선다. 쌩쌩 달리는 차들과 함께 내달려야 한다. 그런데도 일주일을 머무는 동안 단 한 번도 듣지 못한 클랙슨 소리. 그 어떤 운전자도 나를 향해 클랙슨을 울리지 않는다. 오히려 조심스레 속도를 줄여 곁을 내준다. 이래서 제주를 벗어날 수 없다.

섬것

딴, 짓 #083

제주도 올레길이 생기기 전이니까 꽤 오래전 인연이다. 하루에 만 원이면 자전거와 헬멧, 제주도 지도와 삼다수 물 한 병을 서비스로 건네는 제주시 자전거 대여점으로 들어섰다. 대여점 주인은 육지에서 제주도로 삶의 터전을 바꾼 지 몇 달이 되지 않았다. 자본금 없이 제주도에 정착하고 보니 '육지 것'이란 시선을 이겨내기 쉽지 않았다. 그런 그가 서귀포시 대정읍에 있는 '바다의향기'에서 숙박할 것을 권했다. 거기도 육지 것이 운영하느냐는 나의 질문에 "주인은 제주도민인데 진국"이란다. 제주시에 있는 자전거 대여점에서 서귀포시에 있는 바다의향기까지는 50킬로미터에 육박한다. 자전거로 다섯 시간이면 충분하다. 목적지가 생기니 주변 경관을 둘러볼 여유가 사라진다. 목표를 두고 살아온 육지 것의 현실이다. 점심을 먹고 시작한 자전거 라이딩은 해가 질 무렵이 되어서야 끝났다. 바다의향기 간판이 보인다. 송악산과 산방산을 양옆에 끼고 정면에는 형제섬이 보인다. 한 폭의 그림이다. 통유리로 된 현관문에 들어섰음에도 인기척이 없다.

"계세요?"

다시 목청을 가다듬는다. "육지 것이 왔어요!"라고 말하니 피식 웃음이 났다. 그때다. 안쪽 문이 열리고 서너 살도 안 되었음 직한 여자아이를 안은 한 여인이 보인다.

"제주시에 있는 자전거 대여점 소개로 왔어요. 빈방 있죠?"

"……아, 네."

기억을 더듬다 터진 짧은 감탄사 '아'에는 많은 의미가 있다. 아마도 자전거 대여점 사장님과 친분이 깊지는 않은 듯하다. 자전거를 대여하는 손님들을 보낼 테니 잘해주라는 인사말도 건넸을 테지만 큰 욕심이 없던 '섬 것'은 시큰둥했다. 연결 고리가 없는 '육지 것'이다. 아이를 안고 있지 않은 반대편 손으로 열쇠를 건넨다. 별말이 없다.

"얼마 드리면 될까요? 3만 원 드려도 될까요?"

"네, 그러세요."

대여점 사장님이 알려준 가격이다. 주변에 비해 저렴하다. 그런데

2만 원을 불렀어도 받아들일 표정이다. 크게 반기지도, 거부하지도 않는다. 첫인상은 이랬다. 그녀도 나도 데면데면했다. 열쇠를 들고 2층으로 올라갔다. 206호. 문을 열자 감탄이 절로 나온다. 1층에서 바라본 전경과는 또 다른 아름다운 광경이 방 안 가득 들어차 있다. 육지 것의 안목이 꽤 쓸 만하다. 갑자기 허기진다. 옷을 갈아입고 1층으로 내려간다. 다시 문을 두드린다.

"저녁을 먹어야 하는데 혹시 추천할 만한 식당 있나요? 아무거나 상관없어요."

"……잠시만 기다리세요."

사라졌던 주인이 다시 나타났다. 한 손엔 열쇠 꾸러미가 들려 있다.

"데려다 드릴게요."

전혀 예상 밖이었다. 데면데면하고 시큰둥하게만 보이던 그녀였기에 더욱 그랬다. 3만 원짜리 손님에게 과한 대접이다. 콜택시를 부르겠다고 한사코 거절해도 그녀는 별 반응이 없다. 차를 몰고 나온다. 어느새 보조석에 내가 앉아 있다. 선장인 아들 덕분에 싱싱한 횟감으로 매운탕을 끓여서 인근 주민 사이에 인기 만점인 곳이란다.

"여기서 콜택시를 부르면 5000원 받아요. 미터 요금은 아니고 이

일대는 무조건 5000원이거든요."

식당 앞에 나를 내려놓고는 휑하니 사라진다. 식당에 들어서기만 하면 인당 3만 원은 족히 내야 했던 관광지와는 달리 저렴한 가격이 눈에 띈다.

"바다의향기에서 추천해줘서 왔어요. 매운탕 맛있게 해주세요."

"바다의향기?"

다른 테이블에 앉아 있던 이들이 흘낏 쳐다보다가 설명을 덧붙인다.

"거 왜 있잖아요. 허○○네요. 거기서 펜션 하잖아요. 그게 바다의향기예요."

"아, 난 또 누구라고."

연세가 지긋한 할머니가 주문을 받고 주방으로 사라진다. 얼마 지나지 않아 대접에 한가득 매운탕이 나온다. 매운탕이 아니라 국과 비슷하다. 반신반의하며 한 숟가락을 입에 넣는다. 말로 형언할 수 없는 깊은 맛이 입안을 감돈다. 구수한 된장과 매콤한 고춧가루가 절묘하게 조화되어 있다. 기가 막힌 맛이다. 과장하자면 한술에 눈물이 날 지경이다. 음식 솜씨 뛰어난 엄마가 끓여준 매운탕보다 훨씬 맛있다. 국물 한 방울 남기지 않고 말끔히 들이켠다. 음식값을 지

불하며 인사를 건넨다.

“오래 사셔야 해요. 보약이 따로 없어요.”

어르신이 함박웃음을 띤다.

“아, 육지에서 왔구나. 그래서 말을 예쁘게 하구먼. 그런 낯간지러운 말, 섬 것들은 못 해. 육지 것들이나 하지.”

콜택시를 불렀다. 거리로 요금을 계산하지 않는다. 그냥 5000원이다. 5000원을 받아도 될 만한 거리다. 숙소로 돌아와 파도 소리를 듣는다. 진국, 육지 것, 섬 것. 재해석된 단어들이 머릿속을 맴돈다.

다음 날, 오전에 열쇠를 카운터에 올려놓는다. 현관문을 두드리지만 여전히 인기척은 없다. 메모를 남긴다.

덕분에 잘 쉬다 갑니다. 다음에 또 올게요. 잘 지내세요.

살금살금 자전거를 끌고 현관문을 나선다. 이날의 인연은 그 이후로 7년이 넘은 지금까지 이어지고 있다. 1년에 서너 번은 바다의 향기를 찾는다. 인연을 맺은 지 5년이 넘어설 즈음에야 송악산에서 ‘바람이부는언덕’이란 상호로 식당을 하고 있다는 이야기를 들었다. 회 한 접시를 시키면 부침개는 서비스로 나온다. 싱싱한 회와 고소한 부침개를 먹으며 섭섭한 마음을 보였다.

"그동안 왜 식당 한다고 말씀하지 않으셨어요?"

그저 웃으신다. 펜션은 며느리가 운영하고 식당은 아들과 어머니가 하신다. 바람이부는언덕에서 바다의향기가 한눈에 보인다.

10코스 올레길이 바다의향기를 지나간다. 올레길 덕분에 손님은 넘쳐나기 시작했다. 마음 깊은 주인 때문에 손님의 발길이 끊이질 않는다. 하얀 요와 깔끔한 이불보에서 이제 막 세탁을 마친 향긋한 향이 배어난다. 창을 열고 침대에 누우면 바다에서 불어오는 향기가 온몸을 감싼다. 내가 바다의향기를 방문한 7년 동안 바다의향기에는 가족이 늘었다. 첫째 딸 지은이 밑으로 여동생 두 명이 태어났다. 제주도로 갈 때면 주섬주섬 학용품을 챙긴다. 이때만큼은 서울에서 사는 이모가 된다. 문득 안부를 묻고 싶고 아이들의 재잘거림이 궁금해진다. 아이들의 눈망울을 보면서 생각에 잠긴다. 자전거를 타지 않았더라면, 자전거 대여점 사장님의 권유를 진심으로 받아들이지 않았더라면, 중간에 목적지를 변경했더라면 만날 수 없었을 인연이다.

"지은아, 인연이 참 대단하지 않니?"

꼬마 아가씨가 미소를 짓는다. 육지 것이 아니면 하기 쉽지 않은 낯간지러운 말에 섬 꼬마가 고개를 끄덕인다.

바다의향기

딴, 짓 #084

오래전부터 계획했던 대마도 자전거 여행이 하루 전에 취소되었다. 태풍이 원인이다. 사흘 전부터 부산에서 머물며 대마도로 향하는 배를 기다리던 나는 당황스러웠다. 태풍이 사흘 넘게 배의 발목을 붙들 예정이라는 말만 반복해서 들어야만 했다. 어떻게 할까? 부산은 자전거 여행이 쉽지 않다. 자전거 전용 도로도 거의 없고 도로도 비좁다. 그렇다면 어쩔 수 없이 서울로 되돌아가야 한다.

무작정 전라남도 장흥 노력항으로 향했다. 대마도 대신 제주도다. 장흥에서 하룻밤을 지내고 이른 아침 제주도로 향하는 배에 자전거를 실었다. 꼬박 두 시간 동안 파도를 가른다. 제주도 성산항에 도착한 시간은 오후 12시. 별다른 고민 없이 모슬포항으로 향한다. 연락 없이 바다의향기로 향한다. 마치 고향으로 달려가듯 자전거 페달을 힘차게 밟는다. 해는 지고 어둠이 스며들 무렵, 오후 6시. 바다의향기에 도착했다.

"지은아! 허지은!"

큰아이 이름을 부른다. 지은이 엄마가 창밖으로 고개를 내민다. 수줍음 많던 그녀가 한껏 반가운 마음을 표한다. 예상할 수 없는 일이 갑자기 벌어질 때, 진심은 여실히 드러난다.

"어! 어머! 연락도 없이 여긴 어쩐 일이에요? 어머머!"

제주시 성산항에서 서귀포시 모슬포항 사이에 숙소는 수없이 많다. 그래도 흔들림 없이 바다의향기를 향해 달렸다. 한 치의 망설임도 없이 바다의향기로 내달려 도착했다. 그 마음을 읽은 그녀가 말을 잇지 못한다. 206호로 올라간다. 자전거를 바닥에 던져놓고 눕는다. 누군가 문을 두드린다. 삶은 고구마와 가격표가 반쯤 붙은 귤을 지은이가 쟁반에 들고 왔다.

"엄마가 이것 좀 드시래요!"

농협 마크가 찍힌 귤 포장지가 눈에 띈다. 귤 농사를 짓지 않으니 귤을 대접하려면 그녀도 사 와야 한다.

작업실만큼 숙면을 취하는 곳, 허한 마음을 달랠 수 있는 곳. 지금 나는 바다의향기에 누워 있다.

제주시 성산항에서 서귀포시 모슬포항 사이에 숙소는 수없이 많다. 그래도 흔들림 없이 바다의향기를 향해 달렸다. 한 치의 망설임도 없이 바다의향기로 내달려 도착했다.

자전거에게 나는 무거운 짐이다

딴, 짓 #085

돌아가야 할 공간과 시간을 건너뛰는 것, 가끔 이런 감정 때문에 쉼 없이 자전거 페달을 밟는다. 앞만 보고 내달린다. 다시는 돌아오지 않을 사람처럼 뒤도 돌아보지 않고 내달린다. 두세 시간쯤 흘렀을까? 서귀포 중앙 로터리다. 익숙한 카페로 다가간다. 주인은 나를 모른다. 내가 기억하는 공간 속으로 밀려 들어간다.

생맥주가 맛있는 카페 '자박'은 여백을 안겨준다. 테이블에 작은 동그라미가 뚫려 있다. 고깔 주머니에 가득 든 포테이토를 동그라미 속으로 끼운다. 생맥주를 마시며 포테이토를 입안에 넣는다. 부드러운 감자를 느끼하지 않게 튀겨냈다. 생맥주를 한 잔 더 주문한다. 딱 한 잔만 마시겠다는 결심을 이미 어겼다. 자박에 들어설 때마다 그놈의 조절 능력이 현격히 떨어진다. 젊은 주인에게 몇 번이고 나의 기분을 전달하고 싶었지만 말을 아낀다. 칭찬도 아낀다. 아끼고 또 아낀다. 자박은 그런 공간이다.

가져온 짐은 달랑 지갑과 스마트폰뿐이다. 숙소로 돌아가야 한다. 근처에는 가끔 들르는 게스트 하우스가 있다. 돌아가긴 돌아가야 한다. 어느새 취기가 오른다. 날도 어두워온다. 자전거를 우두커니 바라본다. 버스 정류장으로 자전거를 끌고 걸어간다. 모슬포항으로 가기 위해서는 시내버스와 시외버스를 번갈아 타야 한다. 버스 정류장에서 자전거를 반으로 접고 핸들까지 접는다. 연세 지긋한 어르신이 쳐다본다. 서로 말없이 미소를 건넨다.

시내버스에 오른다. 자전거를 꼭 붙들라는 기사 아저씨의 걱정스러운 코멘트가 이어진다. 의자와 의자 사이에 접힌 자전거가 들어간다. 다행이다. 월드컵 경기장이 보이고 시외버스 터미널이다. 정류장에 내려 다시 자전거를 조립한다. 버스 정류장에서 시외버스 터미널까지 불과 100미터도 안 되는 거리지만 접힌 자전거는 들고 갈 수 있을 만큼 가볍지 않다. 자전거를 끌고 횡단보도를 건넌다. 그리고 승강장에서 버스를 기다린다. 텅 빈 버스가 다가온다. 버스 문이 열리자 기사 아저씨에게 묻는다.

"자전거 실어도 되겠죠?"

"짐칸에 실으세요."

버스 측면으로 간다. 손잡이를 잡은 손끝에 힘을 주자 짐칸 문이 열린다. 꽤 큰 짐칸 문이 가슴팍까지 밀려 올라간다. 자전거를 눕혀 밀어 넣을 요량이었다. 낭패다. 실패했다. 자전거를 들어 올린 팔의 힘이 부족했다. 운전석에 앉아 있던 기사 아저씨가 어느새 걸어오고 있다. 도와줄 모양이다. 괜스레 미안했다. 혼자 힘으로 재빨리 싣고 싶다. 힘을 다해 들어 올려 발끝으로 자전거를 밀어 넣는다. 성공이다. 너른 짐칸에 자전거가 실린다. 때마침 느린 걸음으로 할머니가 다가온다. 보자기에 곱게 싸인 짐을 겨우 들고 다가온다. 다가가서 짐을 함께 든다. 자전거 옆에 할머니 짐을 밀어 넣는다. 짐칸에 나도 밀어 넣고 싶다. 머릿속을 짓누르는 그 모든 짐을 밀어 넣고 싶다. 두 다리를 쭉 펴고 잠을 자고 싶다. 자전거에게 오히려 내가 무거운 짐이다.

문화통닭

딴, 짓 #086

튀김 향에 이끌렸다. 관광객이 넘쳐나는 성산 일출봉에서 자전거로 십여 분 거리. 시가지가 펼쳐진다. 무작정 찾아간 시가지에서 발길을 멈춘다. 훤하게 내부가 보이는 치킨 가게다. 상호에 끌렸다. '문화통닭'.

쇼윈도 앞에 멈춰 서 있는 나를 의식하지 못한 채 주인아저씨는 생닭 조각을 새하얀 가루에 버무리는 중이다. 한편에선 지글지글 튀김 향이 피어오른다. 안으로 들어선다. 바람 소리 탓인지, 튀김 소리 탓인지 주인아저씨는 내게 시선을 주지 못하고 있다.

"저기요!"

대답이 없다. 다시 한 번 크게 외친다.

"주문할게요!"

그제야 주인아저씨와 시선을 마주했다. 환한 미소로 반긴다.

"뭐 드릴까요?"

"치킨 포장해 가려고요. 프라이드 한 마리 주세요."

"한 30분 기다려야 하는데 괜찮겠어요?"

손님이 없는 텅 빈 매장이다. 두리번거리자 말을 잇는다.

"오늘은 오전부터 배달이 밀린 날이네요. 지금까지도……. 맛있게 해드릴 테니 기다리실 수 있겠어요?"

제대로 찾았다. 삼십여 분을 기다려야 한다는 말이 오히려 더 반갑다. 기다리는 동안 주인아저씨를 바라본다. 집중력이 대단하다. 버무리는 손동작과 튀겨내는 몸짓이 예사롭지 않다. 얼마 지나지 않아 한 여인이 안쪽에서 압력솥을 들고 나온다. 움직일 때마다 뚜껑에서는 김이 새어 나온다. 뜨거운 압력솥을 자동차에 싣는다. 그러고는 휑하니 사라진다.

5분이 채 지나지 않아 그녀가 다시 나타났다. 압력솥은 없다. 궁금증을 참을 수 없다.

"압력솥은 어디로 갔나요?"

배시시 웃음으로 답한다.

"배달 나갔다 온 거예요. 여기는요, 백숙을 압력솥째 배달해드려요. 그렇게 삼십여 년 동안 해왔어요. 친정어머니 때부터요. 어머니

돌아가시고 나서부터는 제가 하고 있죠."

환하게 웃던 그녀가 잠시 시선을 외면한다. 돌아가신 어머니 생각이 난 모양이다. 연이은 질문으로 그녀의 기분을 다시 되돌린다.

"압력솥을 그대로 두고 오시나 봐요?"

빈 압력솥을 들고 오지 않은 손에 시선을 둔다.

"압력솥에서 직접 백숙을 뜯어서 따뜻하게 건져 드셔야 맛있어요. 그리고 다음 날 깨끗이 씻어서 압력솥을 가져다주세요. 이게 성산 스타일이에요."

주인아저씨와 아주머니가 다시 해맑은 웃음을 주고받는다. 그사이 내가 주문한 튀김이 완성되었다. 서울과는 엄청난 차이를 보이는 양이다. 참지 못하고 한 조각을 그 자리에서 꺼내 든다. 어린 시절, 퇴근길에 아빠 손에 들려 온 옛날 튀김 맛이 난다.

별다른 정보 없이 육감으로 선택한 음식점에서 그 맛이 기대 이상일 때, 만족감은 양손 엄지손가락을 치켜세우고 남는다. 그리고 지인들과 공유하는 맛집 리스트에 올린다. 붉은 밑줄을 긋고 별표를 새긴다. 함께 나누고 싶은 이들을 떠오르게 만든 치킨 집 사장 부부가 한없이 고마울 따름이다.

"건강하셔야 해요. 다음에 또 들를게요. 감사합니다."

그날의 기분

딴, 짓 #087

제주도민에게 유명한 작은 횟집 '덕승식당'을 찾았다. 5년 전만 해도 제주도 사투리만 가득하던 곳인데 올레길이 생기면서 줄을 서야 먹을 수 있는 맛집으로 변했다. 플레이오프 야구 시리즈를 보면서 싱싱한 회와 맥주를 마시러 들어갔다. 이른 시간 탓인지 손님이 없다. 다행이다. 오늘은 두산 베어스와 LG 트윈스가 경기하는 날이다. 텔레비전을 제대로 시청할 수 있는 자리에 앉는다. 식당 문 앞이다. 상관없다.

"회 주세요."

"오늘은 잡어가 있어. 싱싱해. 근데 몇 명이야?"

"저 혼자에요."

"아 그래? 혼자라도 돈 3만 원어치는 시켜야 할 텐데……. 어쩌나?"

"주세요."

테이블 하나에 혼자 자리를 잡았으니 그 값을 해야겠다. 맥주병 뚜껑을 따고 유리컵에 중간 정도 따른다. 텔레비전에선 야구 중계가 시작되었다. 서서히 손님들이 몰려든다. 어느새 빈자리가 없다. 오늘따라 남자 손님들이 유난히 많다. 술잔을 기울이던 이들이 말을 건넨다.

"어디 응원하는 거예요?"

"두산도, LG도 좋아해요."

"여자분이 야구 좋아하기 쉽지 않은데, 그것도 혼자서 술 마시며 야구를 볼 정도면 대단한 거지."

함께 야구 관람을 하자는 제안이 이어진다. 모르는 이와 술잔을 기울이는 것을 거부하지는 않지만 막상 합석하고 나면 야구 중계에 집중하기는 쉽지 않을 것이 뻔하다. 서로에 대한 호기심으로 술잔을 기울이게 될 것이다.

"다른 날이면 모르겠는데 오늘은 야구에 집중하고 싶어서요."

이 말에 그들의 오해가 시작되었다. '다른 날이면'에 반응이 다소 적극적으로 변했다.

"혼자 오신 것 같은데 언제까지 제주도에 머무르실 건가요?"

"아, 이번 여행은 혼자서 시간을 보내면서 정리할 것들이 많아서요."

오해는 더 큰 오해를 불러일으킨다.

"정말 혼자서 오셨구나. 보통 커플로 왔다가 싸우고 나서 혼자 술 마시는 사람은 봤거든요. 어디에서 오셨어요?"

"서울이요."

"저희도 이번 달에 서울 가요!"

"아, 그러시구나. 그런데 제가 야구를 봐야 해서요……."

영혼 없는 대답 탓에 더는 말을 걸지 않는다. 연락처 교환은 생각도 없다. 그런데 때로는 두 번 다시 볼 일이 없을지라도 괜스레 미련을 남기고 싶은 날도 있다. 그것이 상대에 대한 매력 때문이라기보다는 그날의 기분, 그날의 날씨, 그리고 바로 그 장소 때문이다.

야구 경기가 무르익을수록 식당 안은 손님들로 가득 찬다. 밀려들었다가 빠져나가고, 밀려들었다가 빠져나가기를 여러 번. 흘끗 쳐다보는 눈길 끝에 절반이나 남은 회와 여러 병의 술병, 낯빛이 불그스름하게 달아오른 내가 앉아 있다.

"매운탕 끓여줄 테니 그거랑 술 한잔 더 해."

생명줄

딴, 짓 #088

한라산 등산길에는 촌스럽게 빛바랜 주홍 빨랫줄이 걸려 있다.

"누가 지저분하게 빨랫줄을 쳐놨을까? 짓궂은 사람들. 어휴, 불쌍한 나무들."

정확히 시작점을 표현하기 힘들지만 일부 구간에 빨랫줄이 쳐 있다. 나무와 나무 사이를 연달아 단단히 묶어놨다. 지저분해 보여 끊어서 버리려 해도 손이 닿지 않는다. 호기심은 발동했으나 그 이유를 아는 이가 없다. 관리 공단에 물어봐야겠다는 결심도 하산과 함께 까맣게 잊었다.

겨울에 한라산을 다시 찾았다. 눈 폭탄이다. 한참을 오르다 보니 성인 키 높이만큼 쌓여 있었다. 등산로는 다져져서 그나마 걸을 만하다. 그때, 잊고 있던 빨랫줄이 눈에 들어온다. 눈보라가 심한 날에는 잘 정비된 등산길마저도 눈에 덮여 감쪽같이 사라진다. 이때 등산 방향을 찾을 수 있는 건 빨랫줄 덕분이다. 하얀 눈밭에 연붉은 다홍빛 빨랫줄이 한 줄기 빛과 같다. 연붉은 다홍빛 크레파스로 줄을 긋듯 등산길 따라 빨랫줄이 선명하다.

사라오름

딴, 짓 #089

"지금 당장 등산을 한다면 어디를 가고 싶니?"라는 질문을 받았다.

단 1초의 망설임도 없이 입에서 튀어나온다.

"한라산 사라오름!"

눈을 감고 한라산 사라오름을 떠올린다. 계절마다 일부러 찾아가는 유일한 곳이다. 성판악 휴게소에서 출발한다. 진달래 대피소를 오르기 불과 1킬로미터 전, 왼쪽 샛길로 빠져야 만날 수 있다. 처음에는 정상을 찍고 하산하면서 들르겠다는 마음으로 사라오름을 지나쳤다. 그래놓고는 하산 길에 사라오름으로 향하는 길을 지나쳤다. '왕복 40분'이라고 적힌 팻말 때문이다.

애써 외면한다. 한라산은 유난히 하산이 길다. 이쯤 되면 머릿속에 막걸리와 감자전 생각뿐이다. 시원한 얼음물을 벌컥 들이켜고 말겠다는 오기만 남을 뿐이다. 하산 길에 사라오름을 들르겠다는 결심을 지워버린다. 왕복 40분을 내줄 여유가 없다. 사라오름을 지나친 채로 별 탈 없이 등산을 마치고 허겁지겁 음식을 즐긴다. 막걸리 한 잔에 정신은 혼미해진다. 사라오름에 대한 호기심도 잠시 사라진다.

그렇게 몇 달이 지나고 다시 한라산을 찾았다. 사라오름을 목표로 등산을 시작한다. 사라오름 이정표를 보며 샛길로 빠진다. 가파른 계단으로 십여 분을 오르자 드넓은 평원이 보인다. 그리고 눈을 의심하게 만드는 커다란 호수가 모습을 드러낸다. 사라오름이다. 보호구역으로 일반인에게 개방한 지는 몇 년 되지 않았다. 호수 주변으로 나무 데크가 깔려 있다. 사라오름 정상은 나무 데크를 따라 호수를 지나쳐야 한다. 정상으로 향하는 발길을 잊고 그대로 멈춘다. 호수를 바라보고 앉는다. 한눈에 담아지지 않는다. 크기에 놀라고 아름다움에 감탄한다.

이렇게 아름다운 곳이 있구나. 혼잣말이 절로 난다. 그대로 그 자리에 앉아서 한참을 바라본다. 얼마나 흘렀을까? 잊고 있던 사라오름 정상을 떠올린다. 막상 정상으로 다가서니 저 멀리 한라산 정상이 보이고 아래로는 드넓은 제주도의 오름들이 눈에 들어온다. 정상은 그 길의 끝이다. 사라오름을 향한 그 길의 끝은 정상이란 표현보다는 호수에 시선을 빼앗겼던 그 마음을 추스르는 곳이라는 말이 더 어울린다.

그해 겨울, 머릿속을 떠나지 않는 사라오름으로 향한다. 등산길이 눈으로 뒤덮인다. 스티로폼 위를 걷듯 폭신폭신한 눈길을 걷는다. 등산하기에 가장 부드러운 계절은 겨울이다. 추위를 이겨낼 수 있을 만큼의 등산복과 장비를 준비했다면 겨울만큼 산행하기 좋은 계절은 없다.

어느새 사라오름 팻말이 보인다. 걸음을 재촉한다. 사라오름을 오르는 가파른 계단은 눈으로 뒤덮인다. 계단은 사라지고 경사면만 보인다. 눈꽃에 시선을 빼앗긴 채 얼마 지나지 않아 사라오름이 눈앞에 펼쳐진다. 두 번째 만남이다. 겨울의 경치는 여름과는 또 다르다. 하얀 달이 가라앉은 듯 아름답다. 하얀 달을 가로지르는 등산객이 보인다. 꽁꽁 언 호수 위를 발자국이 곧게 뻗어 있다. 하얀 눈 때문에 실루엣이 더욱 선명하다.

어김없이 호수를 바라보고 앉는다. 배낭에 넣어둔 여분의 오리털 점퍼를 꺼내 입는다. 추위 때문에 서둘러 하산하는 등산객들을 늘 봐왔던 터라 점퍼를 준비해 갔다. 한동안 호수를 바라보며 경치를 즐길 수 있다. 호수에 쌓인 눈을 손으로 담아 입안에 넣는다. 사르르 녹는다. 코끝으로 깊은 심호흡을 한다. 보온병에 담아 온 따뜻한 커피를 꺼낸다. 달콤한 커피가 온몸을 녹인다. 스마트폰에 다운받아 온 피아노 연주곡을 듣는다. 어차피 내려와야 할 산을 왜 그렇게 힘겹게 오르느냐는 질문이 머릿속을 맴돈다.

'바로 이 맛 때문이에요.'

마음이 어지럽고 힘겨울 때, 이날의 풍경을 꺼내 든다. 아름다운 선율로 마음을 가다듬고 싶을 때면, 이날 들었던 연주를 재생한다. 선율을 따라 눈과 마음에 새겼던 풍경이 선명하게 되살아난다. 어느새 나는 사라오름에 서 있다.

등산길이 눈으로 뒤덮인다. 스티로폼 위를 걷듯 폭신폭신한 눈길을 걷는다.

공감

딴, 짓 #090

12월 초순. 한라산에는 이미 여러 번 폭설이 내렸다. 울퉁불퉁한 돌들은 눈 속으로 자취를 감춘다. 젊은 시절, 한라산을 여러 번 등반한 경험이 있는 부모님도 설산은 처음이다. 게다가 사라오름은 개방 전이라서 시도조차 하지 못했던 코스다. 셋이서 오르는 내내 내가 대장이 된다. 정상보다는 두세 시간 덜 걸리지만 설산이기에 긴장의 끈을 놓을 수 없다. 스틱을 잡고 걷는 부모님 발걸음이 가볍다. 마치 스키를 타는 듯 재미있다는 반응이다. 엄마를 선두로 세우고 후미에서 내가 따른다. 끊임없이 앞선 발걸음을 주시한다. 걸을 때마다 뒤축의 높낮이로 남은 힘을 가늠한다. 다행히 엄마의 걸음 속도는 줄지 않는다. 두 시간이 넘어서자 아빠의 속도가 줄어든 눈치다. 뒤축을 끌고 있다. 젊은 날, 전국에 있는 산을 가벼운 발걸음으로 다녔던 아빠의 모습이 주마등처럼 스쳐 지나간다. 엄마와 간격이 꽤 벌어진다. 아빠의 등에 매달린 가장 작은 용량의 배낭마저 버거워 보인다. 더는 무리다. 앞서 걷던 엄마는 내버려둔 채 아빠에게 다가선다.

"배낭 주세요."

대답이 없다. 반응도 없다. 상처를 드리고 싶지 않지만 어쩔 수 없다. 아빠의 배낭을 받아 든다. 그리고 내 가슴팍에 멘다. 머뭇거리던 아빠는 앞서 걷는다. 어깨가 처진 아빠의 뒷모습을 바라본다. 배낭을 앞뒤로 멨지만 아빠를 뒤따르는 나의 발걸음은 이상하리만큼 더욱 가벼워진다. 이미 앞서가버린 엄마의 발걸음이 고맙다.

사라오름에 도착하기 전, 막바지 경사면을 아빠가 힘겨워한다. 스틱을 손목에 걸고 양손으로 아빠의 허리를 민다. 등산객의 시선이 그냥 지나치지 못한다. 어깨를 토닥이며 지나친다. 미소로 대답을 대신한다.

사라오름이 보이자 아빠의 입에서는 절로 감탄사가 터진다.

"우와."

그 감탄사를 듣기 위해 여기까지 왔다. 지금 이 순간, 아빠의 시선을 사로잡고 있는 아름다운 설경을 선물하고 싶었다. 다행히 아빠의 감탄사는 끊이질 않고 있다. 그 자리에 털썩 주저앉아 한참을 감탄사만 쏟아낸다. 호수 주변으로 새하얀 눈꽃이 진하다. 사라오름의 겨울 풍경은 놀라움 그 자체다. 미리 와 있던 엄마는 사라오름의 아름다움에 입을 다물지 못한다. 게다가 남편의 배낭까지 짊어지고 올라온 딸의 모습에 더욱 놀란다. 원망 섞인 시선이 남편을 향한다. 그리고 뿌듯한 미소를 딸에게 건넨다.

배낭에 넣어 온 두툼한 점퍼를 꺼내 입고 한참을 셋이서 앉아 있다. 초콜릿을 입안에 넣고 오물거리며 경치를 감상한다. 말없이 바라보던 아빠가 말한다.

"이러니 제주도를 제집 드나들 듯이 다녔구나."

성판악 휴게소에서 한라산 정상 방향으로 백여 미터도 가지 않아 벌써 온몸은 훈훈해진다. 이럴 때 두툼한 점퍼는 벗어 배낭에 넣는다. 또 얼마 걷지 않아 덥기까지 하다. 그러면 또다시 윗옷을 벗어 배낭에 넣는다. 이렇게 하나씩 옷을 벗다 보면 어느새 얇은 티셔츠만 남는다. 배낭에 넣어 온 조끼를 꺼내 입는다. 티셔츠와 조끼, 이것이 12월 한라산 등산복이다. 두툼하게 입은 그대로 등산을 하다 보면 몸에 땀이 찬다. 정상에서 오랜 시간 앉아 풍경을 만끽하고 싶은데 젖어 있던 티셔츠와 점퍼는 체온을 재빨리 빼앗아간다. 결국 체온조절을 위해 서둘러 하산해야 한다. 하지만 티셔츠와 조끼로 체온조절에 성공한 나는 정상에서는 젖지 않은 점퍼와 옷을 입고 여유를 누릴 수 있다. 티셔츠와 조끼를 입은 채로 산을 오르다 보면 말을 건네는 이들이 많다.

"대단하네요. 춥지 않아요? 온몸에 열이 많은가 봐요?"

"제가 워낙 약해서요. 귀찮더라도 체온에 따라 입을 때 입고 벗을 때 벗어야 건강하게 산행을 즐길 수 있어서요."

남들과는 상관없이 내 체온과 운동량에 맞게 옷을 갈아입고 장비를 채운다. 남들의 페이스가 아닌 나의 페이스에 맞게 등산 속도를 조절하는 것과 똑같다. 등산은 남들의 속도와 스타일에 맞추는 것으로 시작하지만 결국 나의 스타일을 갖춰가려 노력할수록 등산에 빠져든다. 숱한 이들이 등산을 인생에 비유한 이유를 알겠다. 내 인생을 온전히 나의 것으로 살아내려면 나의 페이스에 맞게 살아가야 한다. 당연한 진리를 자꾸 망각하고 외면하려 한다.

경쟁

딴, 짓 #092

제주도에는 천여 개가 넘는 게스트 하우스가 있다. 요즘은 게스트 하우스를 숙박업소의 대명사쯤으로 사용한다. 호텔과 모텔을 제외한 숙박업소를 통칭해서 사용한다. 천여 개라. 상상이 안 간다. 비수기도 없이 1년 내내 붐비는 곳도 있고 그 반대의 경우도 있다. 나 역시 제주도에서 출판사를 개업하고 남는 공간을 게스트들과 함께 나누겠다는 생각을 해본 적이 있다. 그런데 천여 개라. 또다시 경쟁해야 한다면 결정을 잠시 미뤄야겠다. 이틀을 머물겠다고 제주도를 찾은 이에게 하루를 더 머물게 할 자신이 없다면 미루는 게 맞다. 문득 아침 햇살에 이끌려 공항으로 향하고 제주도행 비행기를 타서는 이틀이고 사흘이고 머물 수 있는 이들은 그리 많지 않다. 계획을 세우고 수정하길 거듭한 끝에 떠나온 여행길이다. 내가 게스트 하우스를 차리면 천한 번째가 될 것이다.

검은 돌로 나직이 둘러싸인 제주도 밭에 젊은 부부가 보인다.

"정착한 지 햇수로 3년째인데 이제야 제주 바람을 알 것 같아요. 세차고 힘든 제주 바람을요."

"그래도 제주 바람은 낭만적이잖아요."

제주도에 푹 빠져 있는 내가 오히려 반문할 수밖에 없다.

"달라요, 바람이 달라. 첫해는 모르고 지냈어요. 육지에서 와서 살다 보니 저희는 외지인이잖아요. 여기 분들과 인간관계를 맺으면서 상처를 많이 받았어요. 그것을 자연에서 치유받는다고 하는데 저희는 농사를 짓다 보니 인간이든 자연이든 그것들과의 경쟁에서 벗어날 수가 없네요."

제주도 역시 밥벌이가 시원찮아지면 여유를 누릴 만큼 자유롭지 못할 것만 같다. 다만, 공간의 이동으로 시선이 새로워질 것이며 떼려야 뗄 수 없던 습관에 변화가 올 것이다. 그러다 보면 소박하고 작은 것에 감동하며 살아가게 될 것이다. 어떤 일에 기쁨을 느끼는지 어떤 일에 거부반응이 오는지 단박에 알아챌 수 있을 것이다.

염탐꾼

딴, 짓 #093

제주도 게스트 하우스에 머무는 게스트들을 크게 두 종류로 나눌 수 있다. 관광을 목적으로 한 관광객과 정보 수집을 위한 염탐꾼이 있다. 염탐꾼은 제주도에서 게스트 하우스를 시작하기 위해 게스트 하우스를 방문한다. 관광객과 염탐꾼의 차이는 크다. 걸음걸이도 다르다. 시선도 다르다. 관광객은 들떠 있다. 마치 뭉게구름 위를 걷듯 사뿐하다. 재잘거림도 다르다. 웃음소리도 다르다. 한껏 목젖을 드러내며 까르르 웃어댄다. 살짝만 건드려도 술술 이야기꽃을 피운다. 반대로 염탐꾼은 걸음 폭이 좁다. 시선은 날카롭다. 차분하고 침착하다. 단점을 꼬집고 불편함을 나열한다. 웃음소리는 잦아든다. 아무리 게스트인 척 감추려 해도 들키고 만다. 그들은 나름의 분석과 준비 기간을 거쳐 제주도에 흩어진다.

관광객과 염탐꾼을 오가던 내가 입을 열었다.

"저도 제주도가 좋아서 잠시 머물며 일하고 있어요."

잠시 뜸을 들인다. 모두의 시선이 내 입으로 와 닿는다.

"지내보니 제주도는 더없이 아름다워요. 머물면서도 어제의 그 하늘이 그립고."

모두의 입가에 미소가 번진다.

"그리고 어제의 그 바다를 기다려요."

모두 술잔을 기울인다.

"어제를 그리며 오늘을 살아요. 그러다 보니 망각하게 돼요. 1년 전을, 한 달 전을 아니, 1주일 전을요. 그리고 미래를 애타게 기다리지 않아요. 오늘만을 위해 살아요."

창가 테이블에 홀로 덩그러니 등을 보이고 앉아 있던 게스트가 살짝 틀어 앉는다. 귀를 기울인다.

"바람이 세차게 불던 날이었어요. 파도가 제주도를 삼킬 것 같은 날이었죠. 여행자처럼 살겠다고 바라왔던 생활이 어느새 삶이 되어버렸더라고요. 삶이 된 것이 아니라 되어버린 것이죠. 다 가지려다가 지친 거요. 다 잘하려다가 상처받는 거요."

염탐꾼의 시선이 흔들린다. 술잔은 채워진다.

"그리운 것이 일상이 되었을 때 서글픔이 찾아왔어요. 실망하지만 꺼내 들지 않으려 외면하는 저의 모습을 봤어요. 첫눈에 반한 연인이 설렘이나 호기심이 아닌 두려움으로 다가올 때 있잖아요. 그런 느낌이라고 할까요?"

"그래도 부러워요."

나는 더는 속내를 드러내지 않았다. 관광객은 여전히 부러운 마음을 감추지 못하고 염탐꾼은 괜스레 생각이 깊어진다. 염탐꾼은 현실을 벗어나고 싶어 여기까지 온다. 그래서 더는 피할 수 없음을 안다. 환경의 변화는 분명 심경의 변화를 가져온다. 나를 위한 나의 것을 찾아내지 않으면 허전함과 서글픔은 어디든지 따라와서는 괴롭힌다.

"때로는 부러울 대상을 마음에 두고 사는 사람이 더 행복할 수 있어요."

부러워하는 그들의 눈빛을 담아 대답은 그렇게 했다. 하지만 부러움의 대상이 되어보는 것이 그리움으로 남기는 것보다 분명 훨씬 낫다. 훠얼씬.

딴짓의 재발견

딴, 짓 #094

"3년은 짧아요."

3년은 짧다. 연인과 보낸 1000일은 길지만 둥지를 트고 손님을 기다리는 카페나 게스트 하우스 주인에게 1000일은 짧다. 3년 이상은 가게를 안 빌려준다며 걱정한다. 횟집 사장님이 놀러 와서 걱정을 함께한다. 대화에는 제주도 사투리가 섞여 있다. 귀를 쫑긋 세우고 넘겨짚어 듣는다. 제주도에서 카페로 자리 잡은 주인은 다른 자리를 알아보고 있다. 월세를 올려달라는 주인과 협상이 쉽지 않은 모양이다. 이미 오를 대로 오른 월세를 감당하려면 적어도 5년은 해야 이익을 남길 텐데 아무래도 주인들은 3년 이상 계약을 원치 않는 눈치다.

제주도로 작업실을 이전하겠다는 결심을 세우고 3년이 지나는 동안 많은 변화가 일어났다. 제주도에서 둥지를 트려는 이들이 넘쳐나면서 땅값이 세배 이상 뛰었다. 제주도민과의 갈등 사례도 적잖이 들린다. '제주 거품론'까지 입에 오르내린다. 제주도로 이전하기에는 역부족이다. 모은 돈도 그렇지만 정신적 여유까지 앗아가버렸다.

그렇다고 도심을 벗어나겠다는 결심까지 흔들리진 않는다. 제주도에서의 삶을 이어갈 수 있는 다른 지역은 없을까 고민하던 중에 내가 하고 있는 '딴짓'에서 대답을 찾는다. 내가 잘 아는 것, 내가 잘하는 것, 그리고 이미 익숙하게 정보를 얻은 그곳, 그곳이 나에게 가장 적합한 답이다. 내가 그동안 숱하게 겪은 수많은 경험이 하나로 응축될 수 있는 것이 바로 내가 가장 잘하는 것이다. 누군가가 조언을 구했으면 쉽게 찾았을 답을 나 자신이었기 때문에 냉철하게 바라보지 못했다. 내가 나에게 조언하고 내가 나에게 자문한 것, 그것은 내가 그동안 줄기차게 시도했던 딴짓 속에 있다.

내가 머물 그곳

딴, 짓 #095

작업실을 옮기고 싶은 생각이 굴뚝같다. 제주도가 1순위다. 그런데 여러 관계를 생각하자면 아직은 제주도로 옮기는 것이 무리다. 고민만 하다 자전거를 끌고 나왔다. 2013년 8월 27일 오후 12시 반. 해가 지면 산자락의 신선한 바람이 불어오긴 하지만 여전히 한낮은 뜨겁다. 자전거로 내달린다. 자전거를 타는 이들이 거의 없다. 남한강을 향한다. 불과 5년 전만 해도 서울시와 경기도 하남시를 잇는 자전거도로는 공사 중이었다. 더는 갈 수 없는 자전거도로 끝에서 마치 '끝'을 만났다는 생각에 빠져들곤 했었다. 길의 끝. 오늘은 그때 만났던 그 길의 끝으로 향한다. 자전거도로는 낙동강까지 이어졌다. 오늘 갈 수 있는 길의 끝은 없다. 체력의 한계만 있을 뿐이다.

한강 변을 따라 편의점이 있다. 거리 간격을 나타내는 이정표처럼 편의점이 있다. 굳이 물을 챙기지 않아도 쉽게 시원한 음료수를 마실 수 있다. 오늘은 달릴 수 있을 때까지 달려볼 참이다. 그곳이 또 하나의 아지트가 될 것이다. 지인들이 자전거를 타고 달려올 수 있을 거리를 찾는다. 천호대교를 지나친다. 편의점이 보인다. 시속 20킬로미터를 넘지 않는 속도를 유지한다. 자전거 라이딩의 기준점이 반포대교라는 이야기를 떠올린다. 양재천을 타고 한강을 만난 시간을 대략 되짚어보면 천호대교까지 사십여 분이면 된다. 편의점을 지나친다. 문득 자전거 라이딩에 푹 빠져 지낸 이의 충고가 떠오른다.

"의외로 탈수 증세를 겪는 레포츠가 자전거래요. 시원한 바람 때문에 목마름을 잊거나 견뎌보려 하거든요. 그러다가 한여름에 탈수 증세를 겪는 경우가 많아요."

자전거의 매력이다. 목마름이라는 본능을 삼켜서는 정신까지 혼미하게 만드는 것, 빠져들 수밖에 없는 취미다. 다음 편의점에서는 무조건 물을 사야겠다.

오르막이 나타난다. 미사리 조정 경기장을 향하는 경사면이 꽤 버겁다. 자전거도로도 일반 도로처럼 중앙선이 있다. 중앙선 반대편에는 내리막을 만끽하는 자전거들이 지나간다. 곧 만나게 될 내리막을 생각하며 페달을 밟는다. 갑자기 목이 심하게 마르다. 오르막의 끝을 지나 내리막을 지나치면 편의점이 있을 거라 다독인다.

경기도 하남시 팻말이 보인다. 편의점은 보이지 않는다. '마지막 주유소'라는 간판을 보며 조롱했던 시간마저 떠오른다. 길은 끊임없이 이어지는데 '마지막'이라니. 그 너머에 주유소는 분명 있다. 만약 '마지막 편의점'이라는 수식어를 넣었더라면 페달을 멈췄을까? 내가 조롱했던 수식어 '마지막'은 친절한 설명이었다. 누군가의 경험이 들어 있다. 때로는 불안 심리를 조장할 수도 있지만 재차 점검해보는 찰나를 안겨준다.

머릿속이 점점 하나의 생각에서 벗어나지 못한다. 생수 한 모금이 간절하다. 한 모금만 마실 수 있다면 더할 나위 없이 행복할 것 같다. 행복이다. 생수에 행복을 건다. 행복의 반대말은 불행이 아니다. 간절함이다. 그저 행복할 수 있는 상황에 대한 간절함일 뿐이다.

입안이 타들어간다. 물 한 모금 마시지 않고 한 시간째 내달리고 있다. 물을 향한 간절한 생각을 걷어낼수록 더 달라붙는다. 달리는 속도가 점점 줄어들 무렵, 자전거 한 대가 앞서 나간다. 아무도 달리지 않는 자전거도로 끝을 바라보는 것이 이렇게 고통스러울 줄은 미처 몰랐다고 생각한 찰나였다. 앞선 자전거를 바짝 뒤쫓는다. 가날픈 몸으로 내달린다. 속도로 보니 중년 여성인 듯하다. 버프로 광대뼈까지 가린 얼굴, 짙은 스포츠 선글라스, 긴팔 셔츠와 긴 바지를 입고 있으니 성별 구분이 힘들다. 살갗이라곤 찾아볼 수 없다. 앞선 이를 뜯어보다 보니 잠시 물에 대한 집착이 사라졌다.

편의점이 있을 수 없는 도로가 계속 이어진다. 여전히 알맞은 거리로 앞선 자전거를 뒤따르고 있다. 앞선 자전거에 매달린 물병이 보인다. 물병 속에서 찰랑대는 물이 보인다. 더는 견딜 수 없는 상황이 오면 물 한 모금을 구걸해야겠다는 결심이 섰다. 물 한 모금이 이렇게 절박하게 와 닿을 줄은 미처 몰랐다. 그러려면 앞선 자전거를 놓치면 안 된다. 다행히 그녀도 속도를 내지 않는다.

얼마나 달렸을까? 앞선 자전거의 물병을 바라보며 달리다 보니 팔당대교가 보인다. 팔당대교를 넘으면 편의점이 많다. 그건 이미 알고 있다. 목마름이 한계에 다다르고 있다. 앞선 자전거를 맹목적으로 따른다. 그런데 앞선 자전거가 팔당대교를 넘지 않고 갈림길에서 급격하게 꺾어 도심으로 방향을 튼다. 뒤따르던 나는 도심으로 들어서기 직전, 멈췄다. 그녀가 고개를 돌려 흘깃 쳐다본다. 그리고 멈춘다. 얼굴을 가린 버프를 내린다. 엇, 남자다. 남자 어르신이다.

"지금까지 따라오신 거예요? 대단하시네요. 어디까지 가세요?"

입안이 말라 쉽게 말이 나오지 않는다. 마른침을 삼키며 말을 잇는다.

"감사합니다. 덕분에 여기까지 올 수 있었어요. 저는 팔당대교를 넘어서 갈 수 있는 데까지 가보려고요."

"갈 수 있는 데까지 가본다? 대단하시네요. 즐거운 라이딩 하세요."

물 한 모금 달라는 애원을 하지 않았다. 그는 미소를 지으며 나와는 다른 방향으로 향한다. 나는 팔당대교를 건넌다. 편의점이 나올 때까지가 목표가 되었다. 나름 한계라 지칭한다면 한계일 것이다. 가파른 경사면으로 팔당대교를 빠져나간다.

팔당역을 지나 자전거도로를 달린다. 편의점형 카페가 보인다. 살았다. 자전거를 바닥에 내동댕이치고는 허겁지겁 카페 안으로 들어간다. 대형 냉장고 안에 음료수가 꽉 차 있다. 한 병을 꺼내 단숨에 마신다. 계산도 하지 않은 상태다. 손님 없는 텅 빈 카페를 지키던 주인이 바라본다. 나를 이해한다는 주인의 표정이 인상 깊다. 냉장고에서 물을 한 병 더 꺼낸다. 다리가 후들거린다. 카페 의자에 앉아 호흡을 고른다. 단단하게 뭉친 허벅지 근육도 푼다. 그제야 카페 밖으로 시선을 돌려본다. 카페 밖에는 자전거를 타는 이들이 많다. 어디선가 모여든 자전거족들이 넘쳐난다. 자전거를 타는 사람이 이렇게 많았던가 싶을 정도다.

카페에서 삼십여 분을 쉬고 다시 자전거에 올라탄다. 물 한 병을 더 사서 자전거에 꽂는다. 남한강 변을 따라 안전한 자전거도로가 이어진다. 속도를 늦춰 주변을 감상한다. 폐쇄된 능내역이 보인다. 카페로 에워싸인 능내역에는 사연이 넘쳐난다. 주 중임에도 많은 이들이 모여 있다. 기차역은 떠남과 만남, 그리움과 설렘이 공존한다. 게다가 폐쇄된 기차역에는 아쉬움과 서글픔이 동시에 스며든다. 기찻길을 개조한 자전거도로는 그 향수를 고스란히 담아낸다.

갈증을 해소했으니 갈 수 있는 곳까지 달리겠다는 의지에는 변함이 없다. 자전거로 달릴 수 있는 곳에 머물고 싶다는 생각은 잊지 않고 있다. 나를 만나기 위해 꼬박 하루를 내달려 올 수 있는 거리, 그리고 되돌아가기에는 힘겨워서 하룻밤을 머물러야만 하는 거리, 그곳이라면 내가 원하는 곳이 될 거란 결심이 선다. 두 다리로 페달을 밟아 달려간 그곳이 애착이 짙은 또 다른 공간이 될 것이다.

조우

딴, 짓 #096

자전거로 힘껏 내달린다. 돌아올 길을 염두에 두지 않는다. 돌아보지도 않는다. 앞만 보고 달린다. 옷이 흠뻑 젖을 만큼 달리고 또 달린다. 자전거도로를 따라 그대로 달린다. 팔당대교를 건너 수많은 중앙선 지하철역을 지나친다. 어느새 중앙선 양평역 이정표가 보인다. 더욱 힘껏 자전거 페달을 밟는다. 작업실에서 족히 60킬로미터는 넘는 거리다. 드디어 양평역이 보인다. 장날에 가끔 와본지라 양평역은 익숙하다. 조금 남아 있는 힘을 모아 이포보 방향으로 페달을 밟는다. 앙덕 나루터다. 흔적만 남아 있다. 그 옛날에는 배를 타기 위해 사람들이 몰려들었을 터. 세월이 지난 지금은 자전거족들이 모여든다. 자전거에서 내려 자전거와 나란히 걷는다. 자전거도로를 따라 1분도 지나지 않아 앙덕리 마을 회관이다. 자전거족들이 옹기종기 모여 휴식을 취한다.

마을 회관을 지나 자전거도로는 계속 이어진다. 도로에 나뒹구는 밤 한 톨이 보인다. 껍데기만 흩어져 있는 사이에 짙은 갈색 밤. 두 발을 모아 까칠한 밤송이를 짓눌러 밤을 꺼낸다. 쭉정이 한 알이랑 토실한 알 하나. 밤 한 톨을 꺼내 만지작거린다. 윤기가 흐른다. 고개를 들어 밤나무를 바라본다. 그리고 서서히 정면을 응시하다 알록달록한 건물이 시선을 잡는다. 전원주택 단지가 보인다. 일명, 땅콩 주택 단지다. 발길을 멈춘다. 하늘빛과 밤나무와 한데 어우러진다.

한참을 머물며 바라보다 끌고 가던 자전거에 다시 올라탄다. 이제 곧 오르막이 시작된다. 후미개 고개다. 전국 자전거도로 중에서 두 번째로 힘들다는 고개다. 딱히 오르막이 없는 남한강 자전거도로 중 도전을 자극하는 길이 바로 코앞이다. 서둘러 페달을 밟는다. 밋밋하지 않아서 좋다. 기어를 바꾸며 정상을 향해 달린다. 쉬지 않고 한 번에 오를 수 있는 여자는 흔치 않다는 이야기를 들은 터다. 서두르지 않고 한 발 한 발 페달을 밟으니 땀이 비 오듯 흐른다. 살랑살랑 가을바람이 시원하게 불어온다. 바람을 따라 오른다. 오르고 또 오르다 보니 어느새 후미개 고개 정상이다.

"헉헉, 재미있다."

나도 모르게 터져 나온 말에 정상에서 머물던 이들이 쳐다본다.

"재미있다고 말하는 사람, 처음 봐요."

잠시 호흡을 가다듬는다. 가던 길로 내리막을 내달리면 이포보다. 그런데 거꾸로 돌아선다. 이제 막 올라온 후미개 고개를 따라 나를 내리꽂고 싶다. 목적지였던 이포보로 향하지 않는다. 올라온 그 길로 내려간다. 경사가 심하다. 안장에 앉아 페달에서 발을 뗀다. 브레이크에 손을 올려만 놓는다. 아랫배에 힘을 준다. 그리고 내리막에 자전거와 나를 맡긴다. 점점 속도는 빨라지고 가을바람에 눈이 절로 감긴다. 가끔 눈을 감고 내리막을 달리고 싶다는 생각이 든다. 온몸에 힘을 빼고 게슴츠레하게 눈을 뜨고 속도를 즐긴다.

내려오던 길에 주택 한 채가 눈에 들어온다. 단층으로 예쁘게 지어진 집이다. 내리막에서 옥상이 훤히 내다보이는 소담스러운 단층집이다. 안간힘을 쓰며 올라갈 때는 눈에 들어오지 않았다. 사람에게 첫인상이 있다면 주택도 첫 이미지란 게 있다. 누가 살고 있을까? 페인트가 군데군데 떨어져 나간 흔적이 보인다. 얼핏 사람이 안 사는 집처럼 휑하다. 그럼에도 불구하고 아늑하다. 온기가 느껴진다. 햇살 때문일까?

어느새 다시 앙덕리 마을 회관이다. 땀을 흠뻑 흘리고 났더니 상

아랫배에 힘을 준다. 그리고 내리막에 자전거와 나를 맡긴다. 점점 속도는 빨라지고 가을바람에 눈이 절로 감긴다. 가끔 눈을 감고 내리막을 달리고 싶다는 생각이 든다.

쾌하다. 다시 작업실로 향했다. 지하철 안에는 이미 자전거로 그득하다. 자전거를 탄 날이면 어김없이 숙면에 빠져든다.

다음 날 아침, 눈을 뜨자 머릿속에 떠오른 이미지 하나. 그 주택이다. 호기심이랄까, 아니면 그 집이 내뿜는 기운이랄까. 희뿌연 이미지로 남는다.

'어떤 사연이 있는 집일까?'

주택을 향한 호기심은 드문 일이다. 이미지가 흐릿해진다. 일상에 빠져든다. 그리고 잊힌다.

운명이다

원할 때는 잡히지 않았다. 바랄 때는 주어지지 않았다. 가지려 하면 더 멀어졌다. 그런데 조금씩 상상하고 바라고 꿈꾸다 보니 어느새 이곳에 와 있다. 제주도로 터를 잡으려 했던 것이 장소만 바뀌었을 뿐. 내가 원하던 그것이 이제야 손에 잡히고, 가까이 다가와 등을 보이지 않는다. 그래서 두렵지 않게 받아들인다. 도전하고 노력해서 주어진 인연이라 여긴다.

특별히 준비 기간을 원한 건 아니었는데 5년이란 세월을 보낸 것이 놀랍다. 먼저 살던 이들의 짐들이 서성임 없이 하나둘 빠져나간 후 텅 빈 공간에 필요한 것은 책상과 소파, 책, 그리고 텔레비전뿐. 작업 동선의 편리함, 숙면을 취하기에 충분히 아늑함, 영화와 예능 프로그램을 보기에 충분히 큰 텔레비전. 공간을 점령하고 있는 것들에 대한 애착은 예전부터 없었다. 공간에 대한 애착이 없으니 떠날 때 역시 그다지 섭섭하지 않다. 이 공간에서 5년이란 세월을 보낸 건 머뭇거리고 뒤적이던 마음을 결정하는 데 걸린 시간이었다. 섬이 주는 고립과 고독을 떠올리며 마음을 다잡는 데 걸린 시간이다.

이곳저곳을 떠돌다 보니 머물고 싶은 공간이 생기는 건 당연한 일이다. 공간의 변화를 느껴보고 싶어 하는 것 역시 당연한 감정이었다. 자꾸만 생각나고 떠오르는 곳, 자꾸만 잊지 못하고 달려가고 싶은 곳에서 살아보는 것은 목적이며 목표가 된다. 제주도가 그랬다. 그런데 나는 5년간 준비한 제주도로의 이주를, 제주도에서의 정착을 잠시 접었다. 제주도를 향해 불태웠던 열망의 시간을 포기하는 것이 아니라 그 어느 곳이라도 상관없는 사람으로 변한 나를 만났다.

봉주르 앙덕리

딴, 짓 #098

며칠 후 양평군으로 향했다. 부동산을 방문한다. 작업 공간을 옮길 계획을 내비쳤다. 언제가 될지 모르지만 인연이 닿는 어느 공간이면 좋겠다고 했다. 서울에서 자전거로 가닿을 수 있는 거리를 원했다. 부동산 주인은 나를 앙덕리와 석장리로 이끈다. 가을바람이 유난히 상쾌한 날이다. 창을 열고 바람을 맞는다. 줄지어 선 코스모스가 물결친다. 얼마나 달렸을까? 익숙한 도로가 눈에 들어온다. 석장리 땅콩 주택 단지를 지나친다. 그리고 익숙한 이미지가 눈앞에 펼쳐진다. 그 집이다. 바로 그 집 앞에 차를 세운다. 부동산 사장님의 설명이 길게 이어졌다. 바람 소리처럼 스쳐 지나간다. 그 어떤 말도 들리지 않는다.

"마음에 들어요."

작게 읊조렸다. 부동산 사장님은 못 들은 모양이다. 설명이 멈추질 않는다. 헛기침을 하고 목소리를 키웠다.

"이 집, 마음에 들어요."

한 군데 더 보자는 그의 제안을 나는 정중히 거절했다.

"이 집이 정말 마음에 들어요."

놀란 눈치다. 가끔 있는 일이지만 단박에 주인을 만나는 경우가 있단다. 한눈에, 첫눈에 나를 이끈 공간. 프랑스 어느 산골 마을 이름과 닮았다. 내 귓가에는 그렇게 맴돌고 있다. 봉주르, 앙덕리.

스피릿

딴, 짓 #099

계약서와 계약금을 주고받은 지 한 달 만에 농가 주택은 완벽히 내 것이 되었다. 농가 주택을 계약하는 날, 이제 곧 전 주인이 될 그들의 첫인상에서 새로운 작업실의 기운을 느낄 수 있었다. 영어로 '스피릿spirit', 기운은 마음으로도 번역된다. 전 주인의 마음과 기운, 그리고 새로운 주인인 나의 기운이 비슷한 듯해서 다행이다.

"막상 집을 팔려니까 서운합니다."

"언제든지 놀러 오세요."

"정말요? 그쪽이 고향이라 가끔 지나쳐 가게 될 겁니다."

"그럼요. 그곳이 어디 저만의 것이던가요."

나만의 것이 이 세상에 있긴 했던가? 주인이라는 것, 잠시 머물며 내 것이라 여기는 것일 뿐. 누군가에게 정당한 대가를 받고 넘겨주는 행위에 서운함이 없다면 참으로 서글플 것이다. 아쉬움을 남기고 이별하는 것, 그리움을 남겨두는 것이 얼마나 아름다운가?

계약이 끝나고 새로운 작업실이 내게로 왔다. 전 주인들과 함께 다시 앙덕리를 찾았다. 떠나는 자와 남는 자가 같은 공간에서 마음을 가다듬는다.

"잘사세요."

따뜻한 한마디. 그들과 나의 인연은 공간을 사이에 두고 스쳐 지나친다. 아니다. 공간을 사이에 두고 만난 것이다. 공간을 두고 시간은 이어질 것이다. 그들의 과거와 나의 미래가 이어질 것이다. 떠나는 그들에게 고개 숙여 인사를 건넨다.

"꼭 놀러 오세요."

그들이 떠난 자리에 남아 빈 공간을 둘러본다. 따뜻한 기운이 감돈다.

"꼭 놀러 오세요."
그들이 떠난 자리에 남아 빈 공간을 둘러본다.
따뜻한 기운이 감돈다.

두 번째 사랑

딴, 짓 #100

운명이 얄궂다. 지인이 제주도로 터를 옮겼다. 예상 밖이었다. 취직을 한 것이다. 정신적인 고통의 시간을 보낸 그에게는 제주도가 치유할 시간과 공간을 제공해줄 것이다. 그도 그러하길 바라고 떠났다. 막상 그가 제주도에 둥지를 틀었다는 소식을 접하자 부러움을 감출 수 없다. 만약 앙덕리에 집을 구하지 않았더라면 나도 제주도로 갔을 텐데.

5년 넘는 시간 동안 줄기차게 제주도로의 이주 계획을 밝혀온 나다. 아쉽지 않다면 그것 역시 거짓말이다. 마치 첫사랑은 이루어질 수 없다는 것처럼 애절하다. 그나마 또 다른 사랑을 찾았다는 것으로 위안 삼는다. 어쩌면 두 번째 사랑이 오히려 깊은 배려 속에서 더 크게 자리 잡을 것이다. 제주도만큼의 기대와 열정은 아니기에 덜 상처받고 덜 실망하며 덜 낙담하게 될 것이다. 제주도가 아닌 양덕리에 작업실을 구한 것은 운명이다. 숙명이지 싶다.

늘 여행자처럼

딴, 짓 #101

평평한 옥상이 마음에 쏙 든다. 옥탑방을 올릴 수 있기 때문이다. 옥탑방 구조를 위한 설계도면을 처음 받아 들었다. 공간 개념이 부족해서 도저히 상상이 가지 않는다. 도면을 들고 줄자를 챙긴다. 그 크기를 가늠해보고 싶어 안달이 난다. 직접 그려보고도 싶다. 문득 바닷가 모래사장을 떠올린다.

강화도 동막 해수욕장으로 향한다. 동막 해수욕장 모래사장에 도면을 그대로 흉내 낸다. 사각형 내부를 걸어본다. 아. 정말 좁다. 좁은 만큼 숨어들기에는 좋다. 널찍한 1층을 놔두고 왜 그렇게 기어올라가려 하느냐는 질문을 받는다.

"그냥 갖고 싶었어요."

"공간에 대한 욕심은 없다면서요?"

"공간에 대한 욕심이 없는 줄 알았어요. 환경에 대한 욕심이 공간에 대한 욕심과 겹친다는 걸 이제야 알겠어요. 크기에 대한 욕심이 아니라 사색할 수 있는 '여유'쯤으로 해둘게요."

도심에도 옥탑방은 넘쳐난다. 굳이 농가 주택을 구입할 필요가 있느냐는 타박이 이어진다.

"서울을 떠나고 싶어요."

여행으로도 충분히 서울을 떠나는 기분을 만끽할 수 있지 않았느냐는 한숨 섞인 충고가 새어 나온다.

"여행자처럼 살고 싶어요."

도심에서는 아무리 봐도 여행자처럼 살 수 없다. 사소한 것의 고마움을 모른다. 섬세한 감각이 살아나지 않는다. 아니면 뉴욕 맨해튼처럼 이방인들로 채워져야 한다. 강남역이나 압구정 로데오 거리를 거니는 것은 나에게 더는 여행 감성을 불러일으키지 못한다. 삶이고 또 삶이다. 쇼윈도에 비친 나의 모습에서 소외감을 발견하면 그것은 더는 여행이 아니다.

농가 주택에서의 삶은 가장 기본적인 생활에서의 문제점을 고스란히 안고 있다. 아파트와는 현격히 다른 일상이 벌어진다. 만약 등 떠밀려 오게 되었다면 그것은 고통이다.

앙덕리 작업실 내부 공사를 시작도 하지 않았는데 수도꼭지에서 물이 나오지 않는다. 며칠을 비워뒀더니 영하의 추위에 수도가 언 것이다. 모터는 살아 있고 지하수와 연결된 부위도 멀쩡하다. 지하수와 모터를 지나 주택 내부로 들어오는 지하수 관이 얼어붙은 것이다. 당황해서 온몸이 떨렸다. 스마트폰을 들고 수도를 녹여줄 전문가를 찾는다. 전화를 걸려다 만다. 직접 녹여봐야겠다. 보일러를 계속 돌린다. 내부를 뜨거운 여름날로 만들어야 한다. 주택 내부에는 전기장판을 깔고 침낭을 덮는다. 전기난로를 얼어붙은 관 가까이에 지핀다. 주택 외부에는 주워 온 빈 페인트 통에 마른 나무를 넣고 불을 땐다. 집 앞을 지나치던 차량이 멈춘다. 클랙슨을 울린다.

"무슨 문제 생겼어요?"

지난번에 불쑥 찾아온 동네 분이다. 그나마 한 번 본 기억이 나서 낯익다. 속사정을 밝혀야 할까? 아니면 손사래를 치며 아무 일도 아니라고 해야 할까?

"수도가 얼었어요."

대화를 나누다 말고 사라진다. 이불을 들고 나타났다.

"모터 있는 곳이 추위에 노출돼서 그래요. 급한 대로 이 이불 넣어요. 오리털 이불인데 깃털이 자꾸 삐져나와서 안 쓰는 거야. 받아요."

이불을 건넨 그 마음 덕택에 이틀 만에 수도는 녹았다. 꼬박 이틀을 고생했다. 수도꼭지에서 물이 콸콸 나오자 환희에 가까운 괴성이 나도 모르게 터져 나왔다.

"따뜻하고 편리한 도심에서 그냥 계속 생활하지. 왜 이 고생을 하면서 여기까지 와서 사는 거야?"

지인이 묻는다.

"고마움을 모르잖아."

"고마움을 이런 기본적인 것에서 알아야 해? 상수도는 생활의 기본이야. 기본적인 불편함을 감수하려는 이유가 뭐야?"

"……나는 여행자야. 여행자는 변수로 인해 행복해져. 그래서 행복해."

운명 비슷한 것

딴, 짓 #102

신년 운세를 보거나, 사주팔자를 보거나 하다못해 타로 카드에 의지해본 기억이 없다. 그것이 자신감에서 비롯된 의지의 발현도 아니고 종교적인 신념을 부정하는 것도 아니다. 그렇다고 이질적인 문화라서 거부하는 것도 아니다. 어린 시절, 굿판이 벌어지면 무당이 내게로 다가와 의식 행위를 하곤 했다. 사업가의 아내로 평생을 살면서 엄마가 의지한 곳이었다. 나약해진 마음 한구석을 파고든 어느 무당은 엄마가 아껴 모은 돈을 받아서는 엄마의 기도를 들어주곤 했다. 말 그대로 이야기를 들어주는 대상 정도였을 것이다. 어느새 그때의 엄마 나이가 되고 보니 그 마음을 이해하고도 남는다. 그렇다고 엄마처럼 누군가에게 의지하고 싶은 생각은 없다. 부정적인 마음을 걷어내고 스스로 위로하는 것이 나의 살길이라 믿는다.

그런 내가 도심에서 벗어나 제주도로 가려는 결심을 하고 보니 두려움이 앞섰던 것도 사실이다. 거리가 멀어지면 사람들의 기억에서 사라져버릴지도 모른다는 불안감으로 밤잠을 설치고 있었다. 유명한 작가라면 전원생활이 오히려 스토리가 되겠지만 1년에 한 권 내기도 버거운 나에겐 멀어진 거리만큼 실력이 는다는 보장도 없지 않은가?

못내 불안한 마음을 다잡기 위해 신통하다는 점집을 찾았다.

"제주도로 이사하려고요."

"……."

뚫어져라 쳐다보며 대답을 기다리는데 그녀가 오히려 회피한다. 잠시 뜸을 들인 뒤 입을 연다.

"제주도는 아니야."

제주도로의 이주가 간절하던 그때, 제주도는 아니라던 첫마디에 그 뒤로 나눈 대화는 머릿속에 남아 있지 않다. 탁월한 결정이라는 대답은 아니더라도 적어도 "괜찮아" 정도는 들을 거라고 믿고 있었다. 내가 선택한 것에 대한 위로를 받기 위해 찾은 길이었다. 점집을 나서면서 다시 마음을 굳혔다. 그래, 내가 선택하면 그만이지 뭐. 나는 꼭 제주도로 갈 것이다.

그렇게 몇 달이 흐르고 제주도에서 친해진 지역 사람들과 어울려 '입도식' 고기 파티까지 열었다. 제주도로 이주하겠다는 마음을 굳히는 자리이기도 했다. 점쟁이와 나눈 대화는 이미 머릿속에서 말끔히 지워졌다.

1년이면 대여섯 번을 찾았던 제주도로의 이주를 결심한 지 5년 만에 결실을 보려던 찰나, 그녀의 말대로 제주도로 가지 못했다. 그리고 우연히 발견한 앙덕리에서 다시금 그녀가 건넨 뒷말이 흐릿하게 뇌리를 스쳤다.

"제주도는 아니야. 양평이라면 모를까."

우연의 일치일 것이다. 서울과 지근거리에 자리를 잡는 것이 나을 거라는 의미였을 것이다. 그런데도 살짝 소름이 돋는 것을 부인하지 못하겠다. 그녀는 왜 양평을 떠올렸을까? 이래서 엄마가 점쟁이에게 의지하게 되지 않았나 하는 생각도 든다. 언제까지가 될지 모르겠지만 그리 짧지 않은 시간을 양평에서 보낼 것이다. 경기도 양평군 앙덕리에서 지낼 것이다.

양덕리 이장님

딴, 짓 #103

도심을 벗어나고 보니 생각이 달라졌다. 담이라고 해봐야 그저 내 땅이 타인에게 피해를 주지 않을 경계일 뿐. 대문은 찾아볼 수 없다. 자전거도로가 마을을 지나치기 때문에 자전거를 탄 이방인이 아니고는 전부 마을 주민이다. 경계가 없는 그곳에 내가 둥지를 틀었으니 얼마간은 나를 바라보는 시선에 경계심이 생길 수밖에 없을 것이다.

때마침 명절이 다가온다. 선물을 고른다. 치약이나 샴푸 같은 선물은 정감이 가지 않는다. 그래서 커피와 함께 즐겨 먹는 호두 파운드케이크를 골랐다. 그리고 이장님 댁을 찾았다. 경계심을 두고 데면데면하리라던 예상과는 다르다.

"빨간 벽돌집에 이사 온 사람인데요."

"아, 예, 들어오세요. 들어와요. 어이, 커피 내와."

인사를 건넨 후 사모님을 향해 커피부터 내오라고 성화다.

그녀는 말없이 쟁반에 커피를 들고 내 앞에 앉는다. 다소곳이 앉아 평온한 미소를 건넨다. 호기심을 자극한다.

"앙덕리 마을 주민들 사정을 다 알지. 하다못해 와이프 이름까지 알고 있으니까."

이장님의 마을 자랑이 이어진다. 그 말을 받아 나의 상황을 솔직히 털어놓는다.

"아직은 내부 수리도 덜 끝났고 정리도 덜 되어서요. 다 고치고 나면 그때 앙덕리로 이사할 겁니다. 그때 동네 분들에게 정식으로 인사를 드려야겠어요. 먹을 것도 준비하고요."

"그렇게 하면 좋지요. 이제 앞으로 우리 마을 주민이 되는 건데 인사는 하고 지내야지요."

그렇다. 먼저 인사를 드리러 가길 잘했다. 경계 없이 집안 사정이 노출된 마을에 외지인이 이사를 오면 경계 대상이 되는 건 당연한 일 아니던가? 그들은 나를 모른다. 어떤 사연을 품고 마을로 들어왔는지 경계할 수밖에 없지 않겠는가? 당분간은 글감을 위해 숨은 관찰자로 살고자 했던 나를 내려놓아야 한다. 그것 역시 나만의 욕심이다. 나를 밝히는 것이 옳다. 어느 개그맨이 했던 "해치지 않아요"

라는 말이 떠오른다. 나를 그들의 일상으로 받아들여줄 것이다. 그래야 그들도 다시 일상으로 돌아갈 것이다.

"나는 꽃을 좋아해요. 봄 되면 앞뜰에 꽃이 한가득 펴. 뒤뜰에는 마늘도 심었어. 저건 매실나무고."

초대로 들린다. 분명 이장님이 마음으로 나를 받아들인 것, 맞다. 앙덕리에서 그동안 단 한 번도 경험하지 못한 삶이 시작되려나 보다. 이장님 댁 앞뜰에 고깔 모양으로 돌탑이 높게 쌓여 있다.

"내가 쌓은 거예요."

돌탑을 쌓은 마음이 궁금해진다. 지나온 시간이 보인다. 시간을 두고 서서히 이장님의 시간 속을 엿보게 될 것 같다.

텃새

딴, 짓 #104

십여 년 전, 경기도 평택 권관리에 밭을 샀다. 땅을 향한 소유욕은 부모님 나이 때 어른들에게는 집착에 가깝다. 평택시는 엄마의 고향과 닮아 있었다. 살뜰히 저축해서 모은 돈을 그 땅을 사는 데 써버렸다. 논을 구경시켜주겠다며 나를 이끈다. 도착해서는 놀랐다. 얼마 되지 않는 땅에 고구마와 콩을 심었는데, 나머지 땅에는 쓰레기가 버려져 있다. 당황한 나와는 달리 엄마는 덤덤하다.

"이게 엄마가 샀다는 땅이야? 근데 이거 엄마가 이랬어?"

"아니. 동네 주민들이 여기에 쓰레기를 버려. 재활용 버리는 곳이 저기 있는데도 여기다가 빈 병이며 캔을 버리네. 아휴, 저건 버린 지 얼마 안 된 거네."

엄마가 가리킨 끝에 과실주를 담그고 꺼낸 쭈글쭈글해진 과실이

검정 비닐봉지에 담겨 버려져 있다. 재활용을 수거해 가는 장소는 길 끝에 있다.

"외지인이 땅을 사서 싫어서 저러는 거래."

엄마는 누군가가 버린 쓰레기를 다시 주워 담고 있다. 나는 그저 바라만 본다. 주변을 둘러본다. 깔끔하게 정비된 논과 밭이 펼쳐져 있다. 논길을 따라 걷는다. 쓰레기는커녕 비료 봉투 하나 보이지 않는다. 그들이 버린 비료 봉투는 엄마의 밭에 있다. 비료를 사본 적이 없다는 엄마는 커다란 비료 봉투 속에 그들이 내다 버린 쓰레기를 담고 있다.

"엄마가 뭐 잘못했어?"

다그쳐 묻는다.

"잘못은 무슨. 지나칠 때 눈이 서로 마주치면 인사 건네는 정도지 뭐, 특별히 문제를 일으킬 만한 게 어디 있겠어."

쓰레기를 보며 앙덕리에서 받은 따뜻한 시선을 떠올린다. 앙덕리 주민들의 인사를 떠올린다. 친절한 우체부 아저씨와 성격 좋은 택배 아저씨를 떠올린다.

별의

딴, 짓 #105

어린 시절, 강아지를 품에 안고 들어오는 엄마를 향해 다짜고짜 애칭부터 짓겠다고 달려들었다. 애칭을 짓는 기준은 우선 외모다. 특징이 없을 리 없다. 한눈에 들어오는 특징을 잡아채서는 사전을 뒤지고 문학 책을 꺼내 든다. 외모에서 특징을 발견해내는 것이 아까울 정도로 몸짓이 예사롭지 않으면 강아지를 옆에 두고 엄마에게 질문을 쏟아냈다. 이 녀석이 태어난 배경부터 어미는 누구이고 아비는 누구인지, 함께 태어난 강아지는 몇 마리이며 이 녀석이 선택되어 온 이유를 묻는다. 엄마는 쏟아지는 질문 앞에서 흐트러짐 없이 명쾌한 답을 이어갔다. 이 녀석을 선택한 그 순간, 엄마도 질문을 쏟아낸 것이 분명하다. 마치 미리 질문지를 받아 답변을 외워두기라도 한 것처럼 간결하고 리드미컬한 답이 이어진다. 세월이 흐르고 흘러 나중에 안 사실은, 때로는 엄마가 이야기를 지어내 대답해주었다는 것이다. 나의 풍부한 상상력은 엄마가 길러준 것이다.

강아지가 밤새 보채는 날이면 아주 드물게 어미가 있는 집으로 찾아간 적도 있다. 되돌아오는 길이 그 녀석만큼이나 서글펐다. 그래서 녀석의 탄생부터 내 품에 오게 된 그날까지의 기록이 중요했다. 애칭은 그냥 편리하게 부르기 위한 것이 결코 아니다.

한참을 앙덕리 작업실 앞뜰에 앉아 있었다. 해가 지고 어두워지자 칠흑 같은 어둠이 내려앉았다. 앙덕리 밤하늘에 별이 쏟아진다. 별이 쏟아진다. 별이. 벼리. 아, 예전에 들었던 단어다. 사전을 뒤적인다. 벼리의 사전적 의미는 '일이나 글의 뼈대가 되는 줄거리'다. 소리 나는 대로 읽으면 '벼리'가 되는 한자어 '별의別意'는 '이별을 섭섭하게 여기는 마음'이다. 마음에 쏙 든다. 애칭을 짓고 나니 나와의 연결 고리가 짙어진다. 오랜 시간 돌보지 않아 군데군데 벗겨진 페인트 허물마저도 애처롭다. 허물을 벗겨내고 새하얀 페인트를 입힐 것이다. 손길이 뜸했던 이곳에 혼을 불어넣을 차례다. 밤마다 술을 즐기는 나는 생각날 때마다 술잔에 가득 채운 알코올을 사방으로 흩뿌리며 벼리와 교감을 한다. 보름달 아래에서 대화를 나눈다.

"한잔 받아, 벼리야."

아파트나 오피스텔에는 애칭을 짓기 어려웠다. 한강이 보여 전망이 좋은 작업실에서도 애칭을 짓지 못했다. 외부 위험으로부터 완전 차단된 번호 키, 관리실이 그럴싸한 작업실도 이름을 짓지 못했다. 사각으로 둘러싸인 단절.

앞집 남자의 발걸음 소리가 들린다. 시계를 바라본다. 어제와 다를 바 없다. 번호 키 누르는 소리가 저 멀리 들린다. 이내 어떤 소리도 들리지 않는다. 평상시와 다른 시각, 다른 발걸음이 들린다. 소리가 사라진 후 문을 열어본다. 어김없이 전단이 붙어 있다. 투명 테이프에 매달려 날아갈 듯 하늘거린다. 이것이 전부다. 가끔 앞집 여자는 꽉 차서 터질 듯이 품은 쓰레기봉투를 복도에 내놓는다. 부끄러운 줄 모르고 몇 날 며칠을 저 자세로 서 있다. 며칠 뒤 종이 박스도 세워져 있다. 복도를 정중앙으로 반을 나눠 그 경계를 넘어선 종이 박스를 발로 민다. 그 집 앞으로 꾸역꾸역 민다. 갑자기 가슴이 터질 듯 답답하다. 되짚어보면 마음을 주지 않고 애칭을 짓지 않은 내가 원인이었다. 복도는 복도이고 쓰레기는 쓰레기일 뿐이다. 그 속에서 나를 찾으려 하면 안 되는 거였다. 과잉 반추가 문제다. 이름 하나 없는, 사각으로 둘러싸인 공간이 사각에 갇힌 시선을 만들어내고 있었다.

벼리와 나는 겨울에 만났다. 앞으로 봄, 여름, 가을로 이어질 것이다. 차가운 겨울부터 시작해서 다행이다. 시골의 겨울은 더욱 차갑다. 때로는 매몰차기까지 하다. 첫 만남에 대한 환상 덕분에 만난 예상치 못한 변수도 충분히 즐긴다. 벼리는 작은 연못과 닮아 있다. 길을 따라 길게 늘어진 타원형이다. 지나가는 이들의 말소리, 숨소리, 걸음 소리를 가까이에서 들을 수 있어서 좋다. 활짝 열린 창 너머로 그들이 지나칠 때마다 향기가 난다. 뜸할 정도로 가끔 지나치는 차량도 풍경에 변화를 준다. 눈이라도 내리는 날에는 밤낮을 가리지 않고 제설차가 지나간다. 내 집 앞길을 치워준다. 집 앞 경계를 넘어 밀려든 새하얀 눈 더미. 종이 박스를 경계 너머로 밀던 그날의 모습이 떠오른다. 따스한 햇볕에 눈이 녹아 흐른다. 경계도 사라진다.

얼마 지나지 않아 앞뜰을 성큼성큼 비집고 누군가 들어오는 일이 벌어졌다. 복도를 사이에 두고 신경전을 벌이던 경계 따위는 없다. 앞뜰을 지나쳐 현관문 안으로 그들이 들어온다. 안부를 묻고 또 묻는다. 커피포트에 물을 끓인다. 그 소리는 현관문을 지나 앞뜰로 퍼져 나간다. 햇볕 따뜻한 오후, 공간의 경계도, 시간의 경계도, 인간의 경계도 없는 그곳에서 이방인인 나를 그들이 받아준다.

고향에 온 것을 환영합니다

딴, 짓 #106

술이 떨어졌다. 앙덕리 마을 회관 구멍 가게로 향했다. 안으로 들어서자 동네 어르신들이 술잔을 기울이며 이야기꽃을 피우고 있다. 맥주 캔을 집어 든다. 돈을 내고 거스름돈을 받는다. 아, 그런데 아쉽다. 저 자리에 앉아서 함께 마실 수는 없을까? 우선 이장님이 계신지 둘러본다. 안 계시다. 동네 주민에게 정식으로 인사를 하지 않았으니 그들도 나를 모른다. 만약 이미 취기가 돌았더라면 아마도 그 자리에서 인사를 건넸을 것이다. 원고 작업을 막 끝내고 슈퍼로 향했던 터라 맨정신이다. 뒤돌아 나오며 다짐한다. 불쑥 찾아가도 술 한잔 기울일 수 있는 동네 주민이 되어야겠다. 결심한다. 이제 나에게도 고향이 생겼다.

머물다

딴, 짓 #107

사흘 동안 머문 해인사와, 7년을 머문 강남 작업실과, 앞으로 몇 년을 머물지 모를 앙덕리 작업실. 머물다 떠나고 떠나다 머문다. 사흘의 깊이와 7년의 깊이가 다르지 않고, 남은 생의 깊이와도 다르지 않을 것이다. 마치 꿈을 꾸듯 그렇게 시간이 훌쩍 흘러가고 있다.

이 세상에서 머물 단 하루를 남겨둔 그날이 오면, 다행히 마음을 가다듬을 수 있는 정신으로 하루를 보낼 수만 있다면 꿈을 꾼 듯 수많은 시간이 짧은 순간 스쳐 지나갈 것이다. 편린들. 동떨어진 시간과 공간 속에서 꺼내 든 장면들은 이음새 없이 자연스럽게 나의 뇌리 속을 지나칠 것이다. 그것들을 사흘의 해인사 기억 속에서 끄집어낼지, 7년의 강남 작업실 추억 속에서 찾아내게 될지 아무도 모른다. 그래서 머물렀던 시간과 공간, 그리고 관계, 그 어느 것 하나 소중하지 않은 것이 없다. 떠날 이의 가슴속에서 마지막으로 떠올리며 마음의 평온을 안겨다 줄 그것이 어느 시간에서 튀어나올지 아무도 모를 일이다.

에필로그

제자리를 찾지 못하는 상상을 해본 적이 있다. 이런 상상을 한다고 해서 슬프거나 우울해지지는 않는다. 제자리로 돌아오지 못하게 만드는 사건이 얼마나 많은가? 여행을 떠나기 전이면 책상을 정리하고 책장을 정리하고 그동안 써온 원고를 찾기 쉬운 바탕화면 폴더에 차곡차곡 쌓아둔다. 이렇게 하는 것이 습관이 되어버렸다.

이런 버릇을 갖게 된 사건이 있었다. 예전에는 마치 조금 전까지도 작업을 하던 것 같은 모습으로 떠나곤 했다. 이 공간이 나를 기다려주고 있는 분위기를 연출하곤 했다. 그대로 시간이 멈춘 듯 단 하나의 변화도 없는 그 모습을 원했다. 그런데 처음으로 떠난 장기 배낭여행 동안, 한 달 넘게 연락이 닿지 않는 세입자를 이상히 여긴 주인은 경찰을 동원해 작업실 문을 따고 들어왔다. 아마도 끔찍한 상상이 더해져 경찰에게 도움을 요청했던 모양이다. 금방이라도 달려와 작업을 시작할 듯 자료들이 펼쳐져 있는 모습을 보고 안 좋은 예감은 더욱 짙어졌다고 했다. 경찰이 작업실 곳곳을 훑는 동안 주인은 작업실 안으로 한 발짝도 들여놓지 못했다는 뒷이야기를 전하면서도 여전히 불안한 기색이 역력했다. 그렇게 긴장된 시간이 흐르는 사이, 형광색으로 짙게 색칠한 달력이 눈에 들어왔다. '배! 낭! 여! 행!'.

이날의 해프닝으로 새로운 습관을 갖게 되었다. 단 하루라도 머물던 공간을 비울 계획이라면 정리를 하는 것이다. 하루에도 서너 번 마주치던 이웃이 한동안 보이지 않을 때 어떤 상상을 하게 될까? 그 상상 속에서 나는 사건의 희생양이었다.

잠시 익숙한 공간과 시간에서 사라질 수 있는 여행, 바로 딴짓. 딴짓은 나를 알게 한다. 딴짓은 내가 원하는 것을 찾게 한다. 딴짓은 나를 채우고 나를 만든다. 꿈을 이루는 과정에 있는 이들에게 딴짓은 달콤한 휴식이며, 꿈이 무엇인지 모르는 이들에게 딴짓은 꿈을 찾는 과정이기도 하다.